EL BARCO
DE VAPOR

Abdel

Enrique Páez

Ilustraciones de Anuska Allepuz

sm

fundación sm

La Fundación SM destina los beneficios de las empresas SM a programas culturales y educativos, con especial atención a los colectivos más desfavorecidos.

Si quieres saber más sobre los programas de la Fundación SM, entra en **www.fundacion-sm.org**

LITERATURA**SM**•COM

Primera edición: mayo de 1994
Quincuagésima edición: julio de 2024

Dirección editorial: Berta Márquez
Coordinación editorial: Carolina Pérez
Dirección de arte: Lara Peces

Impresores, 2
Parque Empresarial Prado del Espino
28660 Boadilla del Monte (Madrid)
www.grupo-sm.com

ISBN: 978-84-675-7785-3
Depósito legal: M-36564-2014
Impreso en España / *Printed in Spain*

El papel utilizado para la impresión de este libro está calificado como papel ecológico y procede de bosques gestionados de manera sostenible.

Dedicado a los culpables
de nacer en otro sitio.

Introducción

Me cuesta mucho escribir. Lo hago solo para ayudar a mi amigo Abdel, por si le pueden servir de algo estas líneas. En la editorial me han dicho que publicarán su historia si yo añado una introducción contando quién es Abdel, dónde le conocí y cómo llegó hasta mí su cuaderno de apuntes. Y eso es lo que estoy haciendo. O lo que voy a hacer a partir de ahora, para ser exactos.

Me llamo Charo Lafuente, aunque mi nombre en este caso sea lo de menos. Trabajo desde hace tres años en los Servicios Sociales del Ayuntamiento de Málaga, como educadora. Es un trabajo duro y con pocas satisfacciones, para el que se necesita mucha vocación. Se trata de ayudar a niños y adolescentes que, por razones ajenas a ellos mismos, están en estado de abandono, predelincuencia u otras situaciones límite.

Padres enganchados a la droga, malos tratos, alcoholismo, ausencia de escolarización... Los chicos que nos mandan a este centro siempre tienen una historia tremenda a sus espaldas. No se los puede juzgar con dureza. Cualquiera de nosotros, en su piel, actuaría de la misma manera. Aprendieron desde niños que la ley de la selva, la ley del más fuerte, es la regla de oro de la supervivencia. No confían en nadie, porque nadie les ha dado motivos para hacerlo. Aquí conocí a Abdel Muhbahar. Es uno de ellos.

Cuando lo trajeron, Abdel no parecía diferente a los demás. Otro chaval con problemas, una familia deshecha y carente de afecto, supuse yo. Pero pronto empecé a ver la diferencia: no es un chico agresivo y envalentonado como el resto. Es más bien tranquilo, muy expresivo y solitario. No quiero decir con ello que sea débil: en poco tiempo se ha hecho respetar, porque tiene una fuerza y una agilidad asombrosas. Está un poco asustado, aunque apenas se le nota. Pasa largas horas sentado en su cama escribiendo en un cuaderno forrado con piel de oveja que siempre lleva consigo.

Al principio no presté demasiada atención al hecho de que dedicara tantas horas a escribir. En cualquier caso, pensaba yo, lo hará en árabe, y de poco me va a servir pedirle que me preste su cuaderno.

Abdel pronuncia bastante mal el español, pero tiene un vocabulario considerable. Muy superior, desde luego, a la media de los chicos españoles de su edad. Por lo visto, según me ha contado él mismo, en Hauza su padre era muy amigo de Ben Abjalah, un líder de la resistencia saharaui, el cual tenía una extensa biblioteca de libros españoles. Abdel aprendió el español muy pronto con Ben, y se llevaba prestados libros, que leía una y otra vez cuando realizaba largas travesías por el desierto acompañando a su padre.

Es un lector infatigable. En el breve tiempo que lleva aquí ya se ha leído la mitad de los libros de la biblioteca. Así sucede que, aunque no habla demasiado bien, sobre todo en lo que se refiere a la pronunciación, escribe perfectamente, como muy pronto veréis. Le he tomado un cariño muy especial, y él me ha correspondido con su amistad. Por eso le llamo «mi amigo Abdel».

Un día me empezó a picar la curiosidad y comencé a preguntarme qué escribiría Abdel con tanta meticulosidad en su cuaderno. Intenté sonsacarle algo, y al principio me contestó con evasivas. Al fin logré que me prestara sus escritos. El cuaderno estaba cuidadosamente forrado, hojas duras y caligrafía diminuta. «Me lo regaló mi padre. Lo hizo él mismo», me dijo con orgullo, como mostrando un trofeo.

Abdel escribe con letra de imprenta, imitando los caracteres de los cientos de libros que ha leído. Me pidió que le corrigiera las faltas de ortografía o de sintaxis, pero la verdad es que no he tenido que tocar ni una coma. Abdel escribe mucho mejor que yo. Cuando leí el manuscrito, me quedé impresionada. A lo mejor es porque le conozco, pero me hizo llorar más de una vez.

Después de leer su historia, hice algo que tal vez no sea muy correcto. Fue algo instintivo. Fotocopié el cuaderno sin su permiso y guardé la copia en un cajón. Al día siguiente le entregué las fotocopias a mi amiga Soledad Alvarenga, que trabaja en una editorial. Tal vez a ella se le ocurriera algo para ayudar a mi amigo Abdel, pensé. Ahora no me arrepiento, porque una semana más tarde me llamó la directora de la editorial diciendo que lo quería publicar, que le parecía fantástico, y que yo escribiera una introducción. Es la que estáis leyendo todavía, pero ya termino. Os aseguro que para mí ha sido muy difícil.

Yo no sé mucho de literatura, pero la editora me ha dicho que la historia de Abdel tiene mucho ritmo y una estructura inmejorable. Yo estoy de acuerdo. Puede que esté hablando de quien será con el tiempo un escritor muy famoso. Abdel se merece un futuro algo mejor de lo que ha vivido hasta ahora. Si no tuviera padre, a mí me encantaría pedir su custodia legal y llevármelo a casa a vivir conmigo. Es un compañero adorable.

Espero no haberos aburrido, porque lo importante es lo que viene a continuación. Os dejo con la historia de mi amigo Abdel escrita por él mismo. Sé que os va a encantar.

Charo Lafuente
Málaga, 10 de septiembre

1

VIVO EN UN CEMENTERIO, aunque no soy un muerto. Tampoco el enterrador. Soy un hijo del desierto, escondido entre las tumbas de Marbella. Puede que la situación suene graciosa, pero no lo es en absoluto. Mi padre está en la cárcel. Yo soy menor de edad en un país extranjero, inmigrante ilegal, y sin documentos que me identifiquen. La policía me busca. Una banda de traficantes de drogas me busca. Si alguno de ellos me encuentra, estaremos perdidos: mi padre y yo.

Estamos en el mes de julio, así que al menos no hace demasiado frío por las noches. No tengo más ropa que la que llevo puesta. Tengo hambre. Apenas he comido desde hace tres días. También tengo miedo. Mucho miedo. Y no solo a que me encuentren, sino porque el hecho de dormir junto a un montón de cadáveres no es lo que yo llamaría pasar unas buenas vacaciones. No me gusta estar aquí, pero no puedo abandonar a mi padre. Él confía en mí, estoy seguro. Yo soy el único que puede ayudarle, aunque no sepa cómo. De momento, mientras lo pienso, me refugio en este extraño mausoleo de la familia Ponce Santamaría. ¿A que no es nada divertido?

Ahora tengo mucho tiempo libre. Esto es un contrasentido, ya lo sé, porque de libre tiene poco. Quiero decir que me sobran horas durante el día. Me sobran todas las horas. No oscurece hasta bien pasadas las nueve y media de la noche, y no puedo arriesgarme a salir de mi escondite a la luz del sol, con toda la gente husmeando por ahí. Alguna noche el hambre me ha obligado a salir de mi encierro para buscar comida. Aunque este es un país muy fértil, he tenido serias dificultades para encontrar algo que llevarme a la boca. No me arriesgo a bajar a la ciudad. No es fácil pasar inadvertido en un país extranjero.

Vivo como las lechuzas y los búhos, pero mucho más aburrido. La soledad no me asusta, porque crecí en el desierto, pero echo de menos los espacios abiertos. En un lugar cerrado el tiempo transcurre más despacio, y como tiempo es algo que no me va a faltar, entretengo mis horas lentas escribiendo. La honda, este cuaderno y un bolígrafo son lo único que pude salvar en mi huida, y gracias a que lo llevaba encima. Pero empezaré por el principio.

Nací en alguna parte del desierto, en una jaima de una caravana de tuaregs que se dirigía a Hauza, según me han contado muchas veces. Desciendo de una larga familia beréber, y mi padre, Yasir Muhbahar, era uno de los hombres más respetados de la tribu. Aquí, en cambio, no es nadie. Tal vez no debimos salir del Sáhara, por muy mal que nos fueran allí las cosas.

–La democracia europea es el paraíso de la libertad. Empezaremos una nueva vida en España –me dijo antes de emprender el viaje.

Ahora no opina lo mismo, claro. Los tuaregs no somos una raza de hombres libres, y no tenemos derechos en ningún lugar del mundo. Las fuerzas marroquíes nos han ido expulsando de la tierra, y ni en las dunas del desierto podemos cabalgar tranquilos.

Recuerdo a mi madre, Amina, muy lejanamente. Murió a manos de los soldados marroquíes durante la construcción de la tercera muralla, la que aísla la ciudad de Hauza, poco antes del Ramadán de 1984. Yo tenía seis años. No tengo fotos ni recuerdos de ella, pero mi padre dice que era bellísima. Yo la sigo echando de menos. Nuestra casa, aunque apenas fueran cuatro paredes de adobe, fue saqueada y destruida. Mi padre estuvo a punto de morir de pena. Fue la única vez que le he visto llorar en mi vida.

–No volveremos a tener una casa nunca más –me dijo entonces, todavía lo recuerdo.

Los tuaregs somos un pueblo nómada, y nos movemos de acá para allá con nuestros rebaños de ovejas y cabras. Vivimos en un mar de arena llamado Sáhara, en donde en lugar de islas hay pozos y oasis. Navegamos a lomos de caballos y camellos. Hay quienes nos llaman los hombres azules, porque los mantos teñidos con los que nos cubrimos del sol van coloreando nuestra piel poco a poco.

Las fronteras, esas líneas de rayas y puntos que separan los países, no existen en la realidad. El Sáhara es un solo desierto, una misma arena que no entiende de rayas ni de mapas.

Los niños no suelen acompañar a sus padres en las largas travesías, pero conmigo hacían una excepción. Mi padre no podía dejarme con una madre que ya no existía, y no le gustaba tenerme lejos de su lado. A mí me encantaban los viajes. Los demás hombres de la caravana siempre me trataron como a un mayor, y podía entrar en sus tiendas, escuchar las tertulias y sentarme al fuego con ellos. A partir de los nueve años, ya me dejaban salir con unas cuantas cabras y pasar tres o cuatro noches lejos del campamento.

Mi padre me enseñó a manejar la honda. Con una cinta de cuero y una piedra, podía conducir un rebaño como cinco pastores a un tiempo. Yo quería que él se sintiera orgulloso de mí, así que practiqué día y noche hasta convertirme en el mejor lanzador de todo el grupo. Aquí en España nadie la usa. Claro, que tampoco la necesitan. De todos modos, yo la sigo llevando colgada de la cintura, por si acaso. Me siento más seguro. Nunca se sabe.

En Hauza aprendí a leer. Ben Abjalah se ocupó de mi educación como antes lo había hecho con mi padre. Era un gran conocedor del Corán y estaba considerado como un hombre sabio entre todas las tribus beréberes. Quiso que yo fuera su ahijado. Cuando murió mi madre, Ben escapó de milagro al cerco de los soldados y se refugió en Tinduf.

–Esta ciudad pertenece a otro país llamado Argelia, y las tropas del rey Hassan II no pueden entrar –me explicó Ben–. Aquí estaremos a salvo.

Aunque no hay demasiada distancia entre Hauza y Tinduf, tuvo que alquilar siete caballos y tres camellos para trasladar toda su biblioteca. No tenía más equipaje. Era la colección de libros más grande que jamás he visto. Tenía por lo menos ocho mil, la mayoría escritos en español. Ben me enseñó a amarlos, y yo acabé leyéndolos con más facilidad que los que están escritos en árabe. En los viajes por el desierto siempre me llevaba un zurrón de libros prestados. Los leía tres o cuatro veces antes de poder devolvérselos y cambiarlos por otros, porque en ocasiones tardábamos meses antes de regresar a Tinduf. Al principio siempre llevaba un diccionario conmigo, porque había muchas palabras que no entendía muy bien, pero desde hace dos años dejé de usarlo.

Por las noches, mientras comíamos cuscús dentro de la tienda, le contaba a mi padre las historias

que había ido leyendo en los libros de Ben. Creo que ese fue uno de los motivos por los que mi padre decidió que nos íbamos a España. Tal vez nos hicimos una idea de este país un poco equivocada. Una geografía diferente donde siempre sucedían historias fantásticas. Un universo sorprendente para el que lo observa desde la monotonía del desierto.

Cuando Ben me contaba la historia del pueblo beréber, siempre acababa llorando. Ben era mucho más viejo que mi padre, y mucho más sentimental. Decía que éramos una raza antigua y poderosa, cuyos orígenes se perdían en la profundidad de la historia, pero que estábamos al borde de la extinción. Probablemente tenía razón. Cada vez hay menos caravanas cruzando el desierto y más asentamientos fijos alrededor de las ciudades. Hay una verdadera fiebre por trabajar en las minas de fosfatos de Bu-Craa y en las industrias de pescado de El Aaiún. Los colonos, súbditos del rey Hassan II, han ocupado casi todo el territorio y ahora nos cierran el paso. Ya no hay lugar para nosotros, los tuaregs. Incluso mi padre y yo hemos abandonado el Sáhara, en una huida a ninguna parte.

La luz del desierto es caliente y cegadora. Los sirocos y las tormentas de arena se abaten sobre las caravanas, llegando a sepultar a caballos y camellos. Por las noches, el frío cala en los huesos y agrieta el suelo. Hay siempre un silencio abrumador, solo roto por el viento y el roce de la arena. Es un silencio vivo y extenso, muy diferente al de este cementerio. Nos lavamos frotándonos la piel con arena, y cuando llueve bailamos con los brazos abiertos, dejándonos empapar por las breves gotas de agua que darán nuevos pastos a nuestro ganado. Me es difícil entender otra forma de vida. Echo de menos a mi padre, a Ben, a mi madre, y al horizonte de arena infinita que aparecía siempre detrás de cada duna.

2

La muerte de Ben, el pasado mes de marzo, fue como una señal para mi padre. Ya nada nos ataba. Aquellos a quienes más habíamos querido estaban bajo tierra, y el desierto era una trampa donde apenas quedaban lugares en los que hacer un alto en el camino.

–Nos vamos, Abdel. Haremos un largo viaje hasta España. Pase lo que pase, nunca será tan difícil como vivir ocultos entre las dunas –me dijo mi padre entonces. No creo que lo dijera ahora.

No tuvimos que hacer muchos preparativos, ya que nuestra vida había sido un viaje permanente. Enterramos a Ben y nos pusimos en marcha con una de las últimas caravanas de tuaregs que atravesaban el desierto. Para llegar a España, debíamos cruzar todo Marruecos, el reino de Hassan II, pero esa parte del viaje fue sorprendentemente sencilla.

Nuestra primera parada fue Uarzazat, a la sombra de las montañas. Allí nos despedimos del desierto y de los hermanos beréberes que nos habían acompañado. Esa noche cantamos canciones tristes, al pie de la cordillera del Gran Atlas. A la mañana siguiente comenzamos a subir; jamás en mi vida había visto unas montañas más altas. Llevábamos encima unas cuantas pieles de camello para vender en Marraquech.

–Toca, Abdel. Esto es nieve. Es agua.

Más blanca que cualquier arena. Fría como la escarcha. Blanda como el algodón. La nieve me pareció la forma más hermosa en que se puede transformar el agua. Más bella que el mar, la lluvia o un oasis. Quise llevarme un buen puñado de recuerdo, pero solo conseguí empapar el zurrón de queso y pan que llevábamos para el camino. Mi padre estuvo riéndose de mí durante horas. Creo que fueron los últimos días felices. Luego empezaron las dificultades.

Nunca vi tantos cuerpos juntos como en Marraquech. Casi me faltaba el aire cuando recorríamos las calles de la medina, los zocos, la plaza Djemaa el Fna: tintoreros, tragafuegos, encantadores de serpientes, músicos... Todo un mundo desconocido y fabuloso. Supe que hay más habitantes en Marraquech que beréberes en todo el Sáhara.

Estuve tres días sin dormir, y aún recuerdo los olores de esa ciudad roja, agotadora y frenética. Vendimos las pieles y compramos ropa adecuada y comida para el viaje. Los tuaregs rara vez suben más al norte de Marraquech, pero nosotros teníamos que llegar hasta Tánger para cruzar el estrecho de Gibraltar y desembarcar en España. Un comerciante nos dijo que necesitaríamos pasaportes y tarjetas de identificación, pero él no los vendía.

Tardamos tres semanas en llegar a Tánger cruzando siempre por los campos. Evitamos en lo posible las carreteras, acostumbrados como estábamos a caminar por el desierto. El sol y las estrellas nos guiaban. El sentido de la orientación nos aconsejaba ir siempre hacia el norte, cerca de la costa. Mi padre no quiso entrar en Rabat.

–Allí vive Hassan II, el jefe de todos los ejércitos y colonos que ocupan nuestra tierra –me dijo con rabia.

No sé si fue la suerte, pero lo cierto es que no tuvimos ninguna dificultad en llegar a Tánger. Todo iba bien hasta ese momento. A partir de ahí, empezó el infierno.

Lo primero que supimos fue que no podíamos entrar en España tan fácilmente como habíamos pensado. Al parecer, desde Tánger hacia el norte, por toda Europa, las fronteras sí están dibujadas en el suelo. No se puede pasar si no tienes un montón de permisos. Nosotros no teníamos ninguno. Nos lo habían advertido en Marraquech, pero no lo entendimos hasta entonces.

Estuvimos varios días dando vueltas, preguntando, intentando comprar un billete para cruzar el estrecho. España estaba ahí, casi al alcance de la mano. En los días claros se podían ver incluso las montañas cercanas a la costa. Nos dijeron que había gente que había logrado llegar a nado, pero era muy peligroso. Hay muchas corrientes, y el mar se traga incluso a los más fuertes. En cualquier caso, nosotros no sabemos nadar, así que la idea era totalmente impensable.

Preguntamos en la playa de El Faro y en la de Malapata, y por fin en el cafetín de La Estrella nos presentaron a El Fifra, al que llamaban el Valiente de Tánger. Mi padre le compró dos pasajes. Cruzaríamos el estrecho de Gibraltar en la bodega de una barcaza de pesca, con otros cuarenta pasajeros. El viaje se haría de noche. El desembarco estaba previsto en una playa andaluza, cerca de Tarifa, y una vez allí deberíamos dispersarnos rápidamente. Si la policía española nos encontraba, nos pondría de vuelta en manos del ejército marroquí. Fue entonces cuando supe que mi padre tenía pendiente una condena.

–¿Por qué no me lo has dicho hasta ahora? –le pregunté.

–No quería preocuparte, Abdel. Tú eras muy pequeño entonces. Fue cuando murió tu madre.

–¿Pero qué ocurrió exactamente? –quise saber.

–Algunos ofrecimos resistencia en la ciudad de Hauza, donde teníamos una casa. El jefe militar que comandaba las tropas me ofreció la libertad a cambio de colaborar con ellos. Yo me negué, claro. No podía venderme a los que habían matado a tu madre, pero les hice creer que lo haría para que me dejaran libre.

–¿Y es por eso por lo que no hemos vuelto a tener una casa? –le pregunté.

–Por eso mismo, Abdel. Desde entonces hemos estado ocultos en el desierto, evitando a los soldados. Dijeron que me habían condenado a treinta años de cárcel por traidor. ¿Traidor a quién? Me gustaría saber... –dijo apretando los puños.

No volvimos a hablar del tema, pero desde entonces supe que mi padre no debía caer en manos de la policía ni de los soldados. No podíamos cometer ningún error.

Los dos billetes para el viaje nos costaron la mitad de los dirhams que llevábamos encima. El resto lo cambiamos en el mercado negro con muchas dificultades. Creo que nos engañaron, porque nos dieron cinco mil pesetas para que pudiéramos vivir dos meses en España. Era más que nada, pero fue como regalarlo.

Salimos de una playa de Alcazarseguer, cerca de Ceuta. Nos dijeron que seríamos cuarenta, pero en la barca entramos más de ochenta. Casi todos varones. Solo cinco mujeres acompañaban a sus maridos. Parecía imposible. No cabíamos. En la pequeña bodega, apestando a pescado, nos estrujamos unos contra otros. Era mi primer viaje por mar, muy distinto a como lo había imaginado. Durante la travesía, las olas se estrellaban contra el casco de la barcaza sobrecargada e inundaban la cubierta. Estuvimos a punto de hundirnos.

Me faltaba el aire. Me mareé y creo que perdí el conocimiento por la presión de los cuerpos. Estábamos tan pegados unos a otros que no pude caer al suelo. Mi padre logró hacer con sus brazos una bolsa de aire a mi alrededor y me despertó vaciando media cantimplora de agua sobre mi cabeza. Se oían respiraciones entrecortadas y gemidos por todas partes.

Al cabo de tres horas, entre grandes gritos desesperados, los hombres subieron a cubierta dos cuerpos inertes, con la cara blanquecina. No quise preguntar, pero dijeron que habían muerto asfixiados. Oímos el ruido de los cadáveres al chocar contra el agua cuando los arrojaron por la borda: ya nada

se podía hacer por ellos. El infierno duró todavía dos horas más, pero al fin llegamos a la costa.

Mi padre y yo fuimos de los primeros en saltar al agua. No hacíamos pie, pero arrancamos un salvavidas del lateral de la barca y pataleamos hasta llegar a la playa. En cuanto pisamos la arena, echamos a correr hacia una pequeña loma que teníamos enfrente. Se escuchaban algunas sirenas. Solo cuando alcanzamos la cumbre, nos permitimos mirar hacia atrás.

Cuatro jeeps con luces intermitentes en el techo –luego supe que eran de la Guardia Civil– rodeaban la playa. La patera se alejaba mar adentro. Se veían decenas de cuerpos braceando desesperadamente contra las olas. Conforme iban llegando a la orilla, eran detenidos. Creo que muy pocos logramos escapar. No más de diez. También estoy seguro de que unos cuantos murieron ahogados. No todos sabían nadar.

Estábamos en España, y no podíamos quedarnos a ver el final de la escena. El agua salada empapaba nuestras ropas. El miedo y el aire fresco de la noche nos dieron fuerzas para echar a correr de nuevo. Al amanecer, nos ocultamos bajo unos matorrales. De momento estábamos a salvo. Por primera vez en el viaje, me eché a llorar sin saber por qué.

–Vamos, Abdel, que ya lo hemos conseguido.

Mi padre me arropó con su chaquetón. Creo que me dormí entre hipos y sudores fríos. No se lo he dicho a nadie, pero desde entonces mis peores pesadillas tienen que ver con el mar.

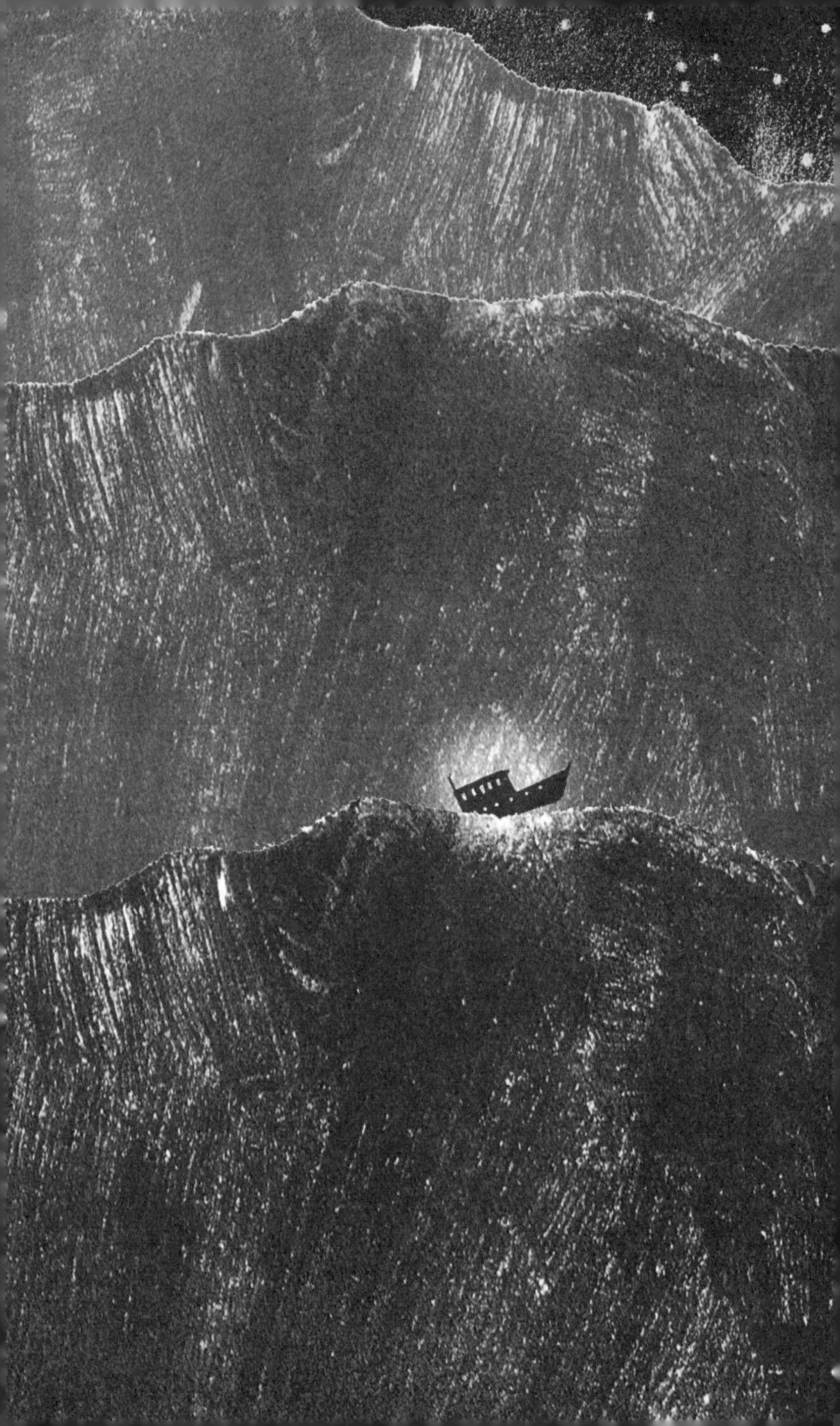

3

Esto era España. Europa. Nuestro sueño hecho realidad. Cientos de veces habíamos hablado de ello en el desierto, y por fin empezábamos una nueva vida en un país amigo y poderoso. Los españoles eran hermanos de sangre. Un pueblo hospitalario. No en vano nuestros antepasados habían vivido en esta tierra, mezclándose con sus habitantes durante varios siglos. Sabíamos que no iba a ser fácil, pero nunca imaginamos cuánto.

La costumbre y la cautela nos hicieron viajar campo a través, evitando en lo posible entrar en las ciudades. No debíamos caer en el error de dejarnos atrapar por la policía o la Guardia Civil, porque eso significaría un regreso inmediato a nuestro punto de origen. Y la cárcel. En cualquier caso, igual nos daba ir en una o en otra dirección.

Los campos españoles son ricos en todo tipo de alimentos: frutas, verduras y animales. La mayoría están vallados, lo que indica que se trata de propiedades privadas, pero casi nunca nos cruzamos con los dueños. Cogíamos de la tierra lo mínimo para poder comer. La costumbre aprendida de vivir ocultos nos ayudó durante todo ese tiempo. Pude volver a practicar con la honda, de modo que más de un conejo acabó convertido en cena. Prendíamos pequeños fuegos y apagábamos las llamas para poder cocinar los alimentos con las brasas. Toda precaución era poca. Nos bastaba con una sola comida fuerte al día, antes de echar a andar cada mañana.

Al cabo de una semana, empezamos a pedir trabajo por las granjas y las casas de las afueras de los pueblos. Era un poco arriesgado, pero no podíamos vivir eternamente en el monte. Tarde o temprano nos habrían descubierto.

Estuvimos tres semanas dando vueltas por las provincias de Cádiz y Málaga buscando trabajo, pero no conseguimos nada. Nos miraban con desconfianza. Más de una vez, incluso, tuvimos que salir corriendo ante la amenaza de que avisarían a la policía. Los españoles son pacíficos, pero tienen un miedo inexplicable a los extraños. Es posible que entre ellos sean más amables, pero nosotros éramos extranjeros. Empezábamos a desanimarnos. La hospitalidad a la que estamos acostumbrados entre los beréberes, y los árabes en general, tiene muy poco que ver con la de aquí. Después de todo, no queríamos que nos regalaran nada, solo queríamos trabajar en un país rico y abundante. Con comida y una manta para dormir en el suelo nos conformábamos.

A primeros de mayo, hace apenas dos meses, tuvimos un encuentro decisivo. Estábamos cerca de Marbella, sentados sobre unas rocas. Un hombre moreno descargaba una carretilla de escombros en una hondonada. Por el aspecto nos pareció que podía ser árabe, y decidimos arriesgarnos a probar suerte una vez más.

–Hermano, si eres hijo de Alá, como nosotros, ayúdanos.

El hombre, que luego nos dijo que se llamaba Omar, se quedó muy sorprendido y miraba temeroso en una y otra dirección. Parecía una buena persona. No esperaba encontrarse a nadie en aquel aislado vertedero, y tenía tanto miedo como nosotros.

–¿Qué queréis de mí? No tengo nada que ofrecer. ¿En qué puedo ayudaros?

Le contamos parte de nuestra historia, ocultándole nuestro origen saharaui para evitar suspicacias. Tal vez Omar fuera un fiel seguidor de Hassan II. Por nuestra forma de hablar, sin embargo, supo que éramos beréberes. Pero no dudó de que fuéramos marroquíes, como él.

–Yo soy Yasir Muhbahar, y este es mi hijo Abdel. Hemos entrado ilegalmente en España, y necesitamos encontrar un trabajo de lo que sea.

Omar tampoco tenía permiso de residencia en España. Entró como turista para estar un máximo de tres meses, pero al poco de llegar encontró un trabajo de peón en un chalé que empezaban a construir cerca de donde estábamos, así que se quedó en Marbella. Jorge Meléndez, su patrón, le contrató a él y a otros inmigrantes marroquíes con unas condiciones muy duras y un salario muy bajo. Omar no se quejaba: en Marruecos solo le esperaba el hambre.

–Podríais intentar pedirle trabajo al señor Meléndez –nos dijo–, porque todavía queda mucho por hacer en el chalé que estamos construyendo.

Una vez vaciada la carretilla, caminamos doscientos metros hasta llegar a la parte trasera de la finca. Omar nos pidió que esperáramos mientras hablaba con Meléndez. Disimulada entre los arbustos había una puerta de madera, por la que se introdujo. Al poco rato regresó y nos dijo que el jefe nos estaba esperando.

Ya en el interior, me di cuenta de que la casa no podía ser vista desde fuera. Casi era una fortaleza. Unas altas tapias rodeaban todo el terreno. Yo no diría que era un chalé lo que estaban construyendo, sino más bien un palacete con todo tipo de lujos. Jorge Meléndez debía tener un montón de dinero para levantar esa mansión.

–Os puedo ofrecer lo mismo que a los otros –nos dijo cuando estuvimos frente a él–. Mil pesetas por día trabajado, y quinientas para el chico. Aquí trabajamos de sol a sol, no quiero haraganes en mi casa. De momento estaréis un mes a prueba, y luego ya hablaremos. Depende de cómo vayáis respondiendo.

Jorge Meléndez era un hombre extraordinariamente gordo. Vestía con ropas de colores, pantalón corto y un sombrero de paja. Unas grandes manchas de sudor se dibujaban bajo sus sobacos. Ocultaba sus ojos detrás de unas gafas de sol.

–¿Hay algún sitio donde podamos alojarnos? –le pregunté a instancias de mi padre.

–Dormiréis en el sótano, junto a los otros –dijo Meléndez–. Mi ayudante, Vicente Planas, os proporcionará la comida que necesitéis. No saldréis bajo ningún concepto de los límites de la finca, porque no puedo arriesgarme a que os descubran.

Aspiró una larga bocanada del puro que tenía entre sus dedos. Luego, suavizando la voz como si fuéramos niños pequeños, añadió:

–Lo hago por vuestro bien. Estáis ilegalmente en España, y si se enteran de que trabajáis aquí, yo tendré graves problemas y a vosotros os echarán a patadas hasta Marruecos. Supongo que no es eso lo que buscáis, ¿verdad?

Mi padre aceptó de inmediato. Era más de lo que podíamos esperar: casa, comida y trabajo. Nos era difícil disimular la alegría. España, después de todo, era un país maravilloso.

Empezamos a trabajar en ese mismo momento. No queríamos perder ni un minuto. Íbamos a demostrarle al señor Meléndez que podía confiar en nosotros. Omar, que era el jefe de la cuadrilla, nos fue asignando tareas. No descansamos hasta que empezó a oscurecer.

Esa fue la primera noche que dormimos a cubierto. También fue la primera vez en mucho tiempo que, bajo el chorro de la manguera, pudimos darnos un baño en condiciones. Tenían hasta jabón. Cenamos al aire libre con el resto de los compañeros, mascando despacio y en silencio. Una sensación de tranquilidad llenaba nuestros pulmones. Nos sentimos a salvo. Teníamos aún muchas cosas por resolver, pero todo iba saliendo a pedir de boca. Después de comer alguien preparó un té, pero la tertulia posterior no duró mucho, porque todos estábamos cansados y queríamos dormir.

–Aquí estaréis bien. No es una maravilla, pero es mejor que nada –nos decía Omar–. Además, el señor Meléndez ha prometido hacernos un contrato de trabajo e intentar que nos concedan el permiso de residencia en España. Dice que tiene amigos importantes. Es un buen hombre.

Aquella fue la mejor noticia que habíamos recibido en años. Si todo salía como estaba previsto, en poco tiempo estaríamos viviendo legalmente en España, sin que nadie pudiera echarnos. La vida dura del desierto y las persecuciones quedarían atrás, como un mal recuerdo que pronto olvidaríamos. Con esos pensamientos nos fuimos a dormir. Yo aún estaba despierto cuando oí a mi padre roncar. Una sonrisa se dibujaba en sus labios.

4

Nos acostumbramos rápido a la nueva vida. No era difícil. Si el secreto estaba en trabajar mucho, entonces sabíamos hacerlo. No podrían tener queja de nosotros. Los otros tres marroquíes que llegaron con Omar eran mucho más callados que él, pero buenas personas. Amed, Mustafá y Rachid. No eran tuaregs, como nosotros, pero sus costumbres eran más parecidas a las nuestras que a las de los españoles. Todos habían huido de la pobreza de Marruecos. Con el dinero que recibían se mantenía toda la familia en sus lugares de origen.

A mí me utilizaban de ayudante. Le echaba una mano al que me necesitara. Arrastraba carretillas, ponía en orden las herramientas, sujetaba escaleras..., pero sobre todo llevaba mensajes de unos a otros. Muy pronto se dieron cuenta de que yo hablaba el español mucho mejor que el resto, así que me convertí en el traductor oficial entre los jefes españoles y Omar, o cualquiera de los otros.

Pasado un mes, y visto que yo me defendía bastante bien hablando español, me empezaron a encargar pequeñas tareas fuera de la casa. Tardé una mañana en aprender a montar en bicicleta, y de vez en cuando bajaba a Marbella a comprar alimentos o materiales de construcción. Al ser más pequeño, decían, mi aspecto llamaba menos la atención. Nadie piensa en chicos inmigrantes ilegales, solo en adultos. Aquí no se empieza a trabajar hasta los dieciséis años por lo menos, y deben creer que en el resto del mundo sucede lo mismo.

El verano se fue acercando, y aunque nunca hizo tanto calor como en el desierto, hubo días en los que echamos de menos los mantos azules con los que nos defendíamos del sol en el Sáhara. La construcción de la casa avanzaba rápidamente, y los cambios se notaban día a día. Un salón y una gran terraza orientados al norte fueron lo primero en quedar terminado.

Allí instalaron Jorge Meléndez y Vicente Planas su cuartel general. Tenían un extraño teléfono con una antena desplegable en el borde superior. Además había un baúl que expulsaba aire frío, y un armario con hielo y refrescos al que llamaban nevera. Eso les ayudaba a soportar los calores del mediodía, decían. Yo creo que aquello tenía que ver con la magia.

–Abdel, ve a la tienda por más cervecitas, que ya se nos acaban –decía Vicente Planas.

–Y no se te ocurra beberte ninguna o Alá dejará caer su ira sobre ti por desobedecerle, y beber alcohol –apostillaba Meléndez.

Yo era el encargado de tener la nevera siempre bien surtida, y algunos días tuve que bajar dos veces a Marbella para reponer las bebidas. Era asombrosa la cantidad de líquido que podían tragar los dos jefes en una sola tarde. Y más bien creo que era Jorge Meléndez el que se bebía la mayor parte, porque en su tripa cabían dos cajas de cerveza bien holgadas; mientras que Vicente Planas, con una nariz increíblemente pronunciada, era tan delgado que casi podría esconderse detrás de su corbata.

El tiempo transcurría sin problemas. Ya había pasado de sobra el mes de prueba que nos habían marcado, y ante la ausencia de otro tipo de noticias, dimos por hecho que los jefes estaban contentos con nuestro trabajo. En dos meses como máximo, la casa estaría terminada.

–¿Sabes leer, Abdel? –me preguntó Jorge Meléndez un día en que me encontraba yo en la sala recogiendo restos de comida y latas vacías de cerveza.

No sé por qué, quizá por el deseo que tenía de que sucediera así, pero pensé que me lo preguntaba para enviarme una temporada a la escuela en el caso de que le respondiera que no. Tenía unas ganas enormes de ir a un colegio español y tener compañeros y amigos españoles. Si era necesario, durante dos o tres meses simularía estar aprendiendo paso a paso. Cuando viera la velocidad a la que aprendía, tal vez decidiera mantenerme durante un tiempo más largo en el colegio.

–No, no sé, pero me encantaría aprender. El colegio me gusta –dije con mi voz más inocente.

Jorge Meléndez mostró una amplia sonrisa y guiñó un ojo con complicidad a su ayudante, Vicente Planas, el narizotas. Se recostó en el sofá y expulsó una nube de humo procedente de su cigarro.

–No hay problema –dijo abriendo los brazos–. A partir de septiembre te enviaremos a la escuela y aprenderás a leer, escribir, sumar, multiplicar y todo lo que te dé la gana, ¿verdad Vicente?

–Claro, jefe. En la escuela enseñan de todo. ¡Vaya que sí!

A mí me dio la impresión de que Vicente Planas, a pesar de todo, no había aprendido demasiadas cosas. No tenía aspecto de haber sido muy buen estudiante. Jorge Meléndez le mandó callar y continuó:

–Falta poco ya para el comienzo del próximo curso, y antes hay que preparar un montón de papeles, permisos, contratos y cosas por el estilo. Nadie sabe que estáis en España, y si se enteran a ti no te llevarán al colegio, sino a la frontera. Y a tu padre algo peor, imagino. ¿Me comprendes?

–Perfectamente –dije intentando no tartamudear.

–Así que tú también tienes que poner algo de tu parte –dijo Jorge Meléndez apoyando las piernas en la mesilla–. A partir de hoy te encargaremos de vez en cuando que lleves unos papeles y otras cosillas a nuestros contactos. Como es un asunto muy delicado, ya sabes, no debes hablar con nadie. Hay muchos policías y funcionarios de inmigración por esta zona, y lo que más les gustaría es echaros el guante a los ilegales antes de que hayáis conseguido el permiso de residencia.

–Ni preguntes ni contestes. Tú no sabes nada, de ese modo evitaremos problemas –decía Vicente Planas–. Entregas lo que te demos y recoges lo que te den. Así de fácil.

La cosa parecía bastante simple. Dos o tres veces por semana, llevaba en bicicleta una carpeta o un sobre grande con papeles y documentos al puerto de Marbella. Guardaba las cosas en una bolsa de tela con cremallera que podía llevar a la espalda a modo de pequeña mochila. En el muelle del puerto le daba el sobre a uno que llamaban el Chino (que no tenía nada de chino, por cierto), y él me daba a cambio otro paquete que yo guardaba en mi bolsa y traía de vuelta a Planas o a Meléndez.

Mi padre recibió la noticia de nuestra próxima legalización con una sonrisa que nunca olvidaré. Creo que estuvo a punto de llorar, de lo emocionado que estaba. A partir de ese día trabajaba el doble, como si con ello pudiera acelerar el proceso y obtener antes el permiso de trabajo y residencia. No podía evitar la urgencia de preguntarme casi todos los días por el permiso, si me habían dicho ya algo o no. Yo le preguntaba a Jorge Meléndez (aunque con menos insistencia que mi padre a mí, claro), y casi siempre obtenía la misma respuesta:

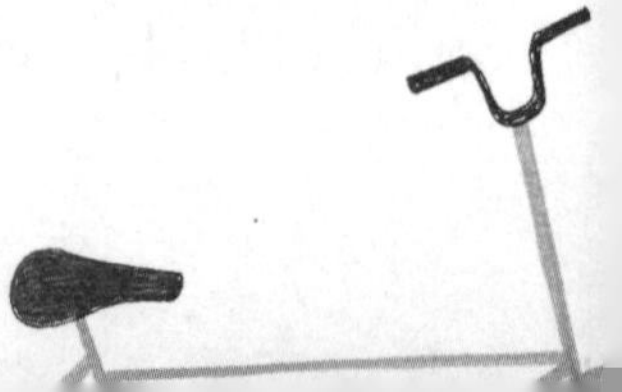

–Tranquilo, Abdel. Esto de los permisos es muy lento. Hay que ir con cuidado y hacer muchas gestiones, pero tú no te preocupes, que pronto estará todo arreglado.

Y debía ser verdad, pensaba yo, porque llevaba ya tres semanas llevando y trayendo papeles y paquetes al puerto. En realidad ya debía estar casi todo solucionado, y Meléndez no decía nada para darnos una sorpresa.

–¿Falta mucho para terminar? –le pregunté un día al Chino.

–No, qué va. Para dentro de un par de semanas esto estará acabado –contestó escupiendo a través del agujero de un diente ausente.

La impaciencia me comía, y la vez siguiente, tres días después, no pude resistir la tentación de curiosear entre los papeles que llevaba al Chino. Buscaba una fecha, nuestros nombres, alguna prueba de que todo estaba a punto de conseguirse. No estaba bien eso de mirar, ya lo sé, pero no pude evitarlo. Sin embargo, no tuve suerte, porque en el sobre que entregué solo había dinero. Bastante dinero, por cierto. Y una pequeña nota manuscrita de Meléndez que decía: «Próxima entrega, jueves 7 tarde».

5

ALGO RARO empezó a moverse dentro de mí y a hacerme sospechar de lo desconocido. No sabía por qué, pero notaba la amenaza de un enemigo oculto. Fue algo instintivo, como los animales que huelen el peligro. Empecé a estar más atento a todo lo que sucedía en la casa y que pudiera ser indicativo de algún asunto extraño. Registré todo el salón una tarde en la que Planas estaba ausente y el gordo Meléndez roncaba como un bendito en la terraza. No encontré ni un solo papel que hablara de permisos de residencia, ni de trabajo, ni contratos, ni nada parecido. Yo no sabía qué forma tendrían esos documentos, pero seguro que en algún sitio estaban escritos nuestros nombres, me decía a mí mismo.

La certeza de que estábamos siendo engañados la tuve al abrir un cajón y encontrar dos pasaportes: uno de Carlos Humanes y otro de Benito Felguera. Los dos pasaportes tenían la misma foto, y en ella se reconocía claramente la cara redonda de Jorge Meléndez.

No le dije nada a mi padre hasta pasado un tiempo. Antes intenté enterarme un poco mejor de los motivos de aquel comportamiento por parte de los jefes, pero lo cierto es que no pude sacar nada en claro hasta que ya fue demasiado tarde.

Lo primero que hice fue seguir sus pasos durante varios días, para ver si con ello me aclaraba un poco las ideas. No era una tarea sencilla, porque al mismo tiempo se supone que debía estar trabajando, haciendo algún encargo o, si era por la noche, durmiendo. Espiaba sus movimientos durante el día, pero en realidad hacían cosas muy normales. Por teléfono hablaban de cosas extrañas para mí, como de la próxima visita de una reina blanca colombiana que tendrían que ir a recibir, o de caballos turcos. Los jefes eran personas de mucho mundo, desde luego.

Cuando me enviaron a recoger un nuevo paquete al puerto, empezaba yo a dudar de mi propia desconfianza. No había nada reprochable en la actitud de Jorge Meléndez ni de su ayudante, así que debería dejar de preocuparme. Al regresar del puerto solo estaba Vicente Planas. Le entregué el paquete y le estuve observando a hurtadillas toda la tarde. Solo realizó una llamada de teléfono.

–Don Jorge, la mercancía está a salvo –dijo, y colgó.

Luego hizo algo fuera de lo común: creyendo no ser visto por nadie, salió de la finca con el paquete que me había entregado el Chino y lo ocultó bajo una pesada piedra, al otro lado de la carretera. Volvió al salón y se dispuso a esperar el regreso de su jefe. No es que a mí me importe lo que haga cada cual con sus cosas privadas, pero ciertamente aquello sí que olía a gato encerrado.

Me quedé casi dormido esperando, y cerca de las dos de la madrugada oí el ruido de un coche que paraba junto a la puerta exterior de la finca. Salté del saco de dormir y me acerqué a gatas hasta la entrada. Jorge Meléndez estaba al volante del Mercedes amarillo que utilizaba siempre. Tocó brevemente la bocina dos veces para avisar a Vicente Planas, pero este se retrasaba. Meléndez no parecía tener intención de hacer mucho ruido, porque decidió ir a buscarlo personalmente en vez de seguir tocando el claxon. Salió del coche, sin apagar el motor, y entró en la casa. Dudé por un momento si esconderme en el maletero del coche o seguirlos con la bicicleta, y finalmente me decidí por lo último.

–¿Dónde está el material? –le preguntó Meléndez a su ayudante, ya de vuelta hacia el Mercedes.

–Lo tengo aquí afuera, por si acaso –dijo el narizotas.

Vicente Planas cruzó la carretera y sacó el paquete oculto bajo la piedra. Lo guardaron en el maletero del coche (menos mal que me había decidido a usar la bicicleta en lugar de viajar como polizón), arrancaron y les seguí el rastro pedaleando. A pesar del peligro de accidente que podía correr, no encendí la luz para no ser descubierto. Afortunadamente, el color amarillo del Mercedes se veía bastante bien a distancia, de modo que no tuve muchas dificultades para seguirlos.

Fueron descendiendo lentamente la colina. Apenas circulaban coches. Al pasar junto al cementerio, aminoraron la marcha hasta detenerse en el arcén de la carretera. Pensé que se habían dado cuenta de que estaba tras su pista. Tal vez alguno de los escasos coches con los que nos cruzamos me iluminó con sus faros y descubrieron mi silueta a través del espejo retrovisor. Si era así estaba perdido, porque no tendrían ninguna dificultad en alcanzarme cuesta arriba con el Mercedes. Solo me quedaba esperar y pedir a Alá que me protegiera.

Mis temores eran infundados. Meléndez y Planas, tras asegurarse de que no circulaba nadie en ese momento por los alrededores (no me habían

visto a mí, desde luego), tomaron un camino de tierra y aparcaron junto a la tapia trasera del cementerio. Sacaron una bolsa y una linterna del maletero y se dirigieron a la caseta del guardián.

–¡Ciriaco! Despierta, hombre, que se te escapan los muertos –dijo el narizotas, procurando no levantar demasiado la voz.

La luz que iluminaba la ventana desde dentro daba fe de que alguien estaba de guardia dentro de la caseta. Casi de inmediato, se asomó a la puerta un hombre mayor y algo arrugado.

–Menos bromas, que estamos en terreno sagrado –dijo Ciriaco tambaleándose notoriamente–. ¿Me habéis traído algo?

El gordo Meléndez abrió la bolsa de deporte que había sacado del maletero y extrajo de ella dos botellas de licor amarillento.

–Ron añejo para el desayuno de un viejo –le dijo haciendo bailar las botellas ante sus ojos.

Ciriaco le quitó una de las manos y, sin mediar palabra, desenroscó el tapón y dio un largo trago. Se secó la boca con el dorso de la mano, tapó de nuevo la botella y le entregó un llavero a Meléndez diciendo:

–Bueno, muy bueno –la voz era de garganta quemada–. Aquí tienen las llaves del «apartamento azul».

Estas dos últimas palabras fueron pronunciadas por el guardián del cementerio con un tono irónico. Tal vez fuera una clave secreta, pensaba yo. Pero estaba en un error. El «apartamento azul» no era una clave, sino un lugar muy especial, como pude comprobar a continuación.

Vicente Planas y su jefe se dirigieron a la entrada del cementerio, abrieron la puerta con una de las llaves y se internaron en él. Les empecé a seguir entre tumbas y nichos con bastante miedo, debo reconocerlo. Era la primera vez que entraba en un cementerio español, y realmente nunca me lo hubiera imaginado así. Varias estatuas de tamaño natural me dieron sustos mortales. En los cementerios árabes que yo había visto solo había montoncitos de tierra cubriendo a los muertos. Aquí había cruces de hierro y grandes planchas de mármol por todas partes. Estatuas, jarrones, ángeles de piedra, y hasta pequeñas casitas, los mausoleos, con capilla incluida en el interior. Si no hubiera tenido tanto miedo, me habría gustado investigar aquel pequeño absurdo: casas para que vivan los muertos, ¡qué invento!

Estuve tropezando con todas las lápidas hasta llegar cerca de donde se habían detenido mis jefes. A la luz de la linterna, abrieron uno de los mausoleos y desaparecieron en su interior. Era un panteón pintado todo de color celeste. ¡El apartamento azul! Apenas estuvieron tres minutos, y volvieron a salir, pero sin el paquete bajo el brazo. Cerraron y emprendieron el regreso. Se me puso la carne de gallina al ver que, en lugar de volver por donde habían llegado, cambiaban de rumbo y se dirigían directamente hacia donde yo estaba. Sin pensarlo dos veces me eché al suelo, entre dos tumbas, con la esperanza de que aquello no fuera más que una simple coincidencia. Pasaron junto a mí sin detenerse, y el haz de luz de sus linternas me iluminó brevemente. Nunca había tenido tanto miedo en mi vida.

No me levanté hasta que pasó el peligro. Desde el interior del cementerio vi cómo devolvían las llaves a Ciriaco, entraban en el coche y desaparecían por la carretera, en dirección a Marbella. Tenía el campo libre para regresar a la finca. Ellos iban en dirección contraria, y ya había tenido suficientes aventuras esa noche. No me fue tan fácil saltar las tapias del cementerio para salir, una vez que habían cerrado la puerta, pero la idea de tener que pasar allí la noche me dio fuerzas suficientes para conseguir escalarlas. Esa noche tuve horribles pesadillas, y por la mañana me costó levantarme más que ningún otro día.

6

Al día siguiente, mientras trabajaba ayudando a Omar y a los otros compañeros, mi cabeza daba vueltas intentando dar una explicación lógica al comportamiento de Meléndez y Planas durante la noche anterior. Aquello era un misterio que no podía esconder nada bueno. ¿Qué hacían dos hombres de noche visitando y llevando paquetes a los muertos? Estaba claro que no se trataba de un regalo para los difuntos, sino para alguien que posteriormente, imaginaba yo, iría a recogerlo. Pero cuando alguien entrega algo así, ocultándose de esa manera, es porque nada bueno se trae entre manos. Nadie iba a complicarse tanto la vida para vender cinco kilos de arroz, por ejemplo.

–¿Abdel, quieres traerme la carretilla de una vez? Hoy estás más dormido que nunca –me decía Omar un poco mosca.

Durante varios días seguí con mi labor de espía. Procuraba situarme en lugares altos, donde pudiera ver casi todo lo que sucedía en la casa. Jorge Meléndez no hacía demasiado ejercicio: pasaba la mayor parte del tiempo acunando su enorme tripa en una hamaca de la terraza. Vicente Planas, el narizotas, seguía dando las órdenes necesarias para terminar las obras del chalé. Y mi padre me interrogaba, de tanto en tanto, por los permisos de trabajo y de residencia.

–¿Le has vuelto a preguntar? Mira que ya estamos casi acabando la construcción, y aún no nos han dicho nada –me repetía cada vez que recordaba el tema.

–No te preocupes, que estas cosas siempre se retrasan un poco –le intentaba tranquilizar.

El caso es que no había momento para decirle la verdad, porque siempre estábamos con los otros compañeros, y yo quería decírselo primero a mi padre para que él decidiera lo que debíamos hacer. En dos ocasiones más pude registrar los cajones y documentos del despacho de Meléndez, pero no encontré ni el más mínimo indicio de que se estuvieran solicitando permisos de ningún tipo. Los pasaportes falsos habían desaparecido, y en su lugar hallé dos billetes de avión y un contrato de venta de la finca. Lo que más me extrañó fue la firma del vendedor: Carlos Humanes, uno de los nombres que Jorge Meléndez usaba en los pasaportes falsos. Según deduje por el contrato de venta, Meléndez debía entregar la casa en un plazo de quince días; y con los billetes de avión desaparecería del país, junto a su ayudante, rumbo a Venezuela.

Estaba claro que nos iban a dejar tirados, y lo que nos pudiera pasar les daba igual. La situación iba llegando a su fin, y nosotros debíamos estar preparados para salir corriendo. Todas las promesas no habían sido mas que un montón de embustes sin sentido. Una de las veces que estaba revi-

sando los cajones del escritorio, el narizotas estuvo a punto de descubrirme. No estoy seguro de si me vio. Ya me daba igual.

–Abdel, a las cinco tienes que recoger otro paquete del puerto. Es bastante más grande que los demás, así que dile a tu padre que te acompañe –me ordenó Planas al mediodía.

Era muy raro que pidieran que fuera mi padre conmigo, porque eso era un riesgo añadido. Si la policía nos paraba y nos pedía los documentos, no podríamos escapar. Planas no debería ponernos en peligro de esa manera gratuita.

–¿Y si nos detiene la policía para pedirnos el pasaporte? –pregunté–. Creo que es un poco peligroso...

–No te preocupes, jovencito, que los permisos de residencia están concedidos ya. Los tengo en el cajón de mi mesa desde hace tres días. No corréis ningún peligro –mintió el narizotas con voz muy convincente.

No me di cuenta hasta mucho más tarde de que aquello era una trampa. Yo quería creer a Vicente Planas, deseaba que fueran ciertas sus palabras, pero estaba claro que me engañaba. En los cajones de su mesa no había ningún permiso, y eso era algo que yo sabía muy bien. De todos modos, me dije, aquella sería una ocasión perfecta para explicarle la situación a mi padre, con pelos y señales. A él le tocaba tomar una decisión.

Tardamos media hora en llegar al puerto, callejeando para evitar las avenidas principales. Por el camino le fui contando toda la historia a mi padre, que asentía con la cabeza sin abrir la boca.

–¿Estás seguro de todo lo que me has dicho, Abdel? ¿No serán imaginaciones tuyas? –quiso confirmar él.

–Papá, por favor... ¿Crees que en la situación en la que estamos voy a inventar historias? –protesté de mala gana.

Guardamos silencio hasta que llegamos al puerto. Mi padre movía la cabeza de un lado a otro, como siempre que se concentraba intensamente buscando la solución de algún problema. En el muelle esperaba impaciente el Chino. Eran las cinco y diez. Llegábamos tarde.

–Vamos, chico, que estos no son negocios en los que se pueda uno retrasar. Aquí tienes el último envío. A partir de ahora, si te he visto, no me acuerdo –dijo girando sobre sus talones y desapareciendo en dirección al fondo del espigón.

No supe reaccionar en ese momento. Algo me decía que allí no funcionaban las cosas con normalidad. De pie en el muelle, con el paquete en la mano, me quedé por unos instantes con la mente en blanco. La mano de mi padre apoyándose en mi hombro me sobresaltó y me hizo volver a la realidad bruscamente.

–¿No era un paquete grande el que tenías que recoger? Se supone que por eso te acompaño yo... –razonó mi padre.

–Así es. Otro misterio más. Hay algo que no funciona –dije presintiendo una amenaza invisible.

–Esto es una trampa, Abdel. Hay que actuar rápidamente.

Mi padre huele el peligro. Será por la costumbre de vivir tantos años escondiéndose. En menos de diez segundos tenía un plan de huida.

–Yo voy delante con el paquete –empezó a organizar–. Tú me sigues a quince metros, atento a los coches y los movimientos sospechosos. En ningún caso nos deben coger a los dos. Si te cogen a ti, grita en árabe y yo saldré corriendo. No te podré ayudar si me meten a mí también en la cárcel.

–¿Y si te cogen a ti? –pregunté, sabiendo la respuesta.

–Está claro: escapa como puedas. Por tu vida y por la mía, Abdel, no te dejes atrapar. Si esto es una trampa, como imagino, nos querrán cazar a los dos.

Nos pusimos en marcha, atentos a cualquier movimiento extraño. Yo tenía el corazón a punto

de estallar, y sabía, igual que mi padre, lo que iba a suceder casi paso a paso.

Y así fue. A la salida de la ciudad, un coche se acercó despacio a mi padre. Yo seguía andando quince metros por detrás. Dudaron un momento, probablemente sorprendidos al vernos separados. Bajaron cuatro hombres vestidos de paisano. Dos de ellos se dispusieron a esperar a que yo llegara a su altura, mientras los otros dos aceleraron la marcha para capturarlo a él. Hice como si me atara los cordones de las zapatillas, dispuesto a correr. Alcanzaron a mi padre, le enseñaron una placa y vi cómo sacaban unas esposas.

–¡Corre, Abdel, que no te cojan! –gritó mi padre con todas sus fuerzas.

Los otros dos hombres que me esperaban ya se acercaban a la carrera para intentar atraparme. Crucé como un suicida la calle y corrí sin aliento sorteando coches, peatones y todo lo que estuviera en mi camino. Oía las voces de mis perseguidores gritando:

–¡Alto, alto a la policía! ¡Detengan a ese chico!

Tuve que zafarme de varias manos que me intentaban frenar, pero nadie pudo detenerme. Las voces se escuchaban cada vez más distantes. En cuanto vi un pequeño bosque, a las afueras de Marbella, cerca ya del cementerio, supe que podía burlarlos. Me metí de lleno en el bosque, subí a lo alto de un sauce muy frondoso y esperé a que pasara el peligro. Varias veces las patrullas de policías estuvieron cerca del árbol que me ocultaba, y una de ellas vi claramente a Vicente Planas entre los que me intentaban dar caza. Habíamos caído en la trampa, pero tendrían que esforzarse un poco más si querían cogerme a mí también.

–¡Traed a los perros y que sigan su rastro! –ordenó uno al que todos llamaban «mi teniente».

Eso sí que no estaba previsto. Gracias a su olfato, un perro podría encontrarme fácilmente en ese pequeño bosque, así que tendría que inventar algún truco.

Los policías se fueron retirando poco a poco hasta los límites del bosque, y establecieron una estrecha vigilancia en todas las posibles salidas. Su objetivo era impedir mi huida. Cuando trajeran los perros, volverían a internarse en el bosque para buscarme y, eso esperaban ellos, para encontrarme. Pero yo no iba a darles facilidades.

En cuanto desaparecieron de mi vista, bajé del árbol. En menos de media hora estarían de vuelta, así que tenía que darme prisa.

Corrí pendiente abajo hasta encontrar lo que buscaba: un pequeño charco de agua. Sin pensarlo dos veces, me senté en el centro del charco y empecé a bañarme en barro. Me froté la piel y las ropas, desde los zapatos hasta el último pelo. Me revolqué varias veces, como si fuera una croqueta rebozándose en pan rallado, hasta que estuve completamente cubierto de lodo. Me alejé de nuevo y me volví a subir a otro árbol distinto. Solo quedaba esperar.

Al cabo de un buen rato, comencé a escuchar los primeros ladridos de los perros. Seguían mi rastro por toda la zona. Primero estuvieron ladrando al sauce que me había servido de refugio. Luego se dirigieron a la charca de agua, pero no supieron salir de allí. Iban de la charca al sauce, y del sauce a la charca, ante la desesperación de todos.

Tres horas después, empezó a anochecer. Los perros y los policías se fueron retirando.

–Habrá que volver mañana con toda la compañía y peinar la zona –dijo de nuevo «mi teniente».

Yo esperé en la copa del árbol hasta las dos de la madrugada. Solo entonces jugué mi siguiente baza, casi la última hasta ahora. Era una idea terrorífica, pero no se me ocurrió otra mejor.

7

SUPE QUE ERAN LAS DOS por el reloj de la iglesia. Desde donde yo estaba no se veía, pero pude escuchar sus campanadas. Era el momento de iniciar la retirada. Bajé del árbol y salí del bosque al amparo de las sombras. Un retén con tres coches y diez policías hacía guardia a la salida, pero no pudieron verme cruzar, medio dormidos como estaban. Tumbándome en la cuneta cada vez que pasaba un automóvil, fui subiendo por la carretera hasta llegar al cementerio. A este cementerio desde donde escribo.

Tuve que hacer un gran esfuerzo para dominar el miedo. No sé por qué, pero aunque sean más peligrosos los vivos que los muertos, dan mucho más miedo los que ya nada pueden hacer. El cementerio era el escondite perfecto. A mis perseguidores también les impone respeto este lugar, así que tenía más posibilidades de seguir libre aquí que en cualquier otro sitio.

Tragando saliva y apretando los puños, salté la tapia y empecé a buscar un refugio entre las tumbas. Igual me daba uno que otro, pero al fin escogí este mausoleo de la familia Ponce Santamaría. Se entra y se sale con relativa facilidad, saltando una puerta enrejada que no llega hasta el techo. Los perros no pueden trepar, aunque me huelan. Su interior no es visible desde fuera, pero tiene tres ventanucos que me permiten ver buena parte del cementerio. Tengo a la vista la puerta de entrada y el panteón azul, el escondite secreto de Jorge Meléndez y su ayudante. Desde aquí podré observarlos sin peligro cuando regresen. Al fin y al cabo, esa fue una de las razones principales para ocultarme en este sitio tan siniestro.

No puedo mentir. La primera noche, aunque solo fueran dos o tres horas las que pasaron antes del amanecer, pasé un miedo espantoso. Los muertos, la verdad, me imponen un respeto muy especial, a pesar de que me repito constantemente que ya no hacen nada. Ni siquiera saben que los vivos los miramos con recelo.

No pude meterme dentro del panteón de la familia Ponce Santamaría hasta que empezó a amanecer. No me atrevía. Las primeras luces de la mañana comenzaron a barrer sombras y fantasmas y eso me infundió el valor necesario. El cementerio, sin dejar de ser un lugar de espanto, ya no estaba lleno de ruidos y sobresaltos. Me iba acostumbrando. Además, con la luz yo era más vulnerable a la vista de los otros, así que armado de coraje, y tras pedir disculpas a los inquilinos del mausoleo, entré en mi nueva casa con los ojos bien abiertos.

Unas escaleras de mármol me condujeron a un pequeño sótano: una cripta minúscula en donde, según las leyendas de la pared, reposaban siete ilustres antepasados Ponce. Aún quedaba sitio para otros tres. Puede que sea absurdo, pero me encontré a mí mismo explicándoles en voz baja a los ilustres difuntos que me apellidaba Muhbahar, y que mi estancia junto a ellos iba a ser breve y tranquila. No los molestaría mucho, así que podían seguir descansando en paz sin inmutarse lo más mínimo. Eso esperaba de ellos. Nada más.

Me quedé dormido entre las dos paredes de nichos. Debía estar bien avanzado el mediodía cuando unas horribles pesadillas me despertaron. Nunca pude recordarlas. Tampoco he tenido demasiado interés en hacerlo, si he de ser sincero. La primera sensación al abrir los ojos fue de asombro. ¿Dónde me encontraba? ¿Qué hacía allí? La segunda, de miedo: me había quedado dormido junto a siete cadáveres. Cada uno en su ataúd y en su nicho; bien tapaditos, es verdad, pero aun así...

Subí el pequeño tramo de escaleras de la cripta y me asomé con cuidado al exterior. Todo estaba tranquilo. Una mujer mayor, vestida toda de negro, limpiaba los alrededores de una losa de mármol y la adornaba con flores frescas. Imaginé que sería la tumba de su marido. Un poco más allá, otra mujer de luto, más joven y con una niña que gateaba junto a ella, quitaba matojos y malas hierbas de otra lápida. El sol, casi en su vertical, arrancaba reflejos de todas las cruces cromadas y plateadas. Nadie más.

Sentado en una esquina interior del panteón, comencé a idear un plan para sacar a mi padre de las manos de la policía. No podían acusarle de nada, porque no había cometido ningún delito, aunque el solo hecho de no tener pasaporte ni permiso de residencia era ya un delito. Si me cogían a mí también, entonces seguro que nos deportaban de vuelta a Marruecos. Eso sería el fin: la cárcel de por vida, la muerte de mi padre. Hiciera lo que hiciera, yo tenía que mantenerme libre para defenderle. De momento no sabía cómo podía ayudarle desde un cementerio, pero pensé que ya se me ocurriría algo.

Las horas transcurrían con lentitud, mientras cada vez me sentía más como un ratón encerrado en su ratonera. A media tarde, un nuevo entierro llenó el cementerio de voces. ¿Y si el nuevo muerto que llegaba era uno de los tres que faltaban de la familia Ponce Santamaría? Afortunadamente, mi suerte no era tan negra. Hubiese sido demasiado. Eso creí, hasta que un perro comenzó a ladrar a la puerta del mausoleo. ¡Vaya casualidad! Había olido una extraña presencia, la mía, en el interior y trataba de llamar la atención de sus amos.

–¡Calla de una vez, Rambo! –le ordenó su dueño, amenazante.

El perro no se daba por vencido y seguía ladrando sin verme. Unas gotas de sudor frío empezaron a correr por mi espalda.

–Es muy raro que ladre a un panteón vacío. Tal vez deberíamos avisar al guardián para que investigue –oí decir a una voz de mujer.

Tenía que salir de aquel lío o mis días de libertad habrían terminado. Sentí la boca reseca, cerré los ojos y dejé escapar un pequeño suspiro. El perro arreció los ladridos. Hice un intento desesperado antes de arrojar la toalla.

–¡Miaaauuuu! –dije con un hilo de voz.

–¿Has oído eso, Antonio? –dijo la mujer entre los ladridos del perro.

–¡Miiaaaaauuuuu! –repetí algo más convincente.

–¡Un gato! ¡Pues claro, Nieves! ¿A quién creías que ladraba Rambo, a las almas en pena? ¡Tienes cada cosa! –oí al hombre, que se alejaba tirando de un perro nada convencido.

Por esta vez me había librado, pero por los pelos. No siempre la suerte iba a estar de mi parte.

8

PASADO EL SUSTO DEL PERRO y mi posterior transformación en gato, llegaron unas cuantas horas de tranquilidad. Desde que me unté de lodo en la charca del bosque, no había podido lavarme, así que tenía un aspecto horroroso, lleno de barro hasta las cejas y con la ropa acartonada. Como para ir de fiesta, más o menos. Pero no era eso lo que me preocupaba. Mis mayores problemas empezaban a ser el hambre y la sed. Llevaba ya veinticuatro horas sin probar bocado. Aún podría aguantar hasta dos o tres días más sin comer, pero la sed era insoportable.

A media noche, con casi tanto miedo como la primera vez, y armado con mi honda (la llevo siempre encima, atada a la cintura, aunque esta vez la llevaba en la mano, por si acaso), salí de mi guarida en busca de agua. No esperaba encontrar ninguna fuente, pero seguro que en algún lugar había una toma de agua para regar las plantas. Si además encontraba alguna fruta caída o los restos de un bocadillo, tanto mejor.

Para abrir las bocas de agua que había en los alrededores, se necesitaba una llave que yo no tenía. Sin embargo, naciendo de una de las paredes de la casa del guarda, había un grifo normal y una manguera. Solo tenía que moverme sin hacer ruido. Saqué de una papelera dos latas de refrescos vacías y las llené con agua. El guarda dormía a pierna suelta, y desde el exterior podía oír sus ronquidos. La piel de un plátano y unas mondas de naranja fueron lo único que encontré para comer. Estaban malísimas, pero era mejor que nada. De otra papelera rescaté un periódico. Necesitaba algo para entretenerme durante el día, así que, aunque solo fueran noticias de fútbol, tendría cosas para leer. Con ese botín regresé a mi guarida.

Por la mañana, sabiendo que las horas de luz iban a ser largas, empecé a leer el periódico sin ninguna prisa. La verdad es que la mayoría de los artículos eran muy aburridos, pues hablaban de dinero, empresas y políticos desconocidos para mí. Pero cuando estaba llegando al final, me dio un vuelco el corazón. En la página de sucesos venía una foto de mi padre acompañada del siguiente artículo:

DETENIDO TRAFICANTE DE DROGA

Gracias a una llamada anónima, miembros de la Brigada Antinarcóticos de la Policía Nacional detuvieron ayer en nuestra ciudad a un hombre acusado de tráfico de estupefacientes. En el momento de la detención, y tras un pequeño forcejeo con las fuerzas de seguridad, le fue incautado un paquete que contenía cinco kilos de cocaína. El traficante, que dice llamarse Yasir Muhbahar, entró ilegalmente en España procedente de Marruecos y trabajaba con un socio menor de edad, que pudiera ser su propio hijo, el cual consiguió darse a la fuga. El detenido se encuentra en prisión preventiva y a la espera de juicio.

Esa noticia fue como un puñetazo para mis ojos. ¡Mi padre en la cárcel acusado de tráfico de drogas, era increíble! Así que ese era el juego que se traían Jorge Meléndez y Vicente Planas. Todos los paquetes que me daba el Chino y estuve transportando del puerto a la finca eran de cocaína, y yo no había caído en la cuenta hasta ese instante, en que ya era demasiado tarde.

Las piezas del rompecabezas empezaban a encajar. Meléndez y su ayudante debieron de saber que sospechábamos de ellos. Seguramente cometí algún error. Tal vez me vieron leyendo papeles, cuando les había dicho que yo no sabía leer. O descubrieron que los seguía por la noche. Quizá Omar notó mis ausencias nocturnas y se lo dijo a los jefes. Daba igual, el caso es que decidieron deshacerse de mí y de mi padre, y nos tendieron la trampa con el último envío de droga. Con ese truco, ellos se quedaban con las manos libres y sin testigos. ¿A quién iba a creer la policía: a un árabe ilegal que transporta cocaína, o a un respetable y adinerado ciudadano español? Habían sido muy astutos, y nosotros muy tontos. Lo único que les falló en su plan es que yo me quedara libre. Tendría que hacer algo por mi padre. Nadie más le podía ayudar.

Durante los tres días siguientes, apenas sucedió nada de importancia, exceptuando que mi hambre y mi rabia iban en aumento. El problema del agua estaba resuelto, de momento. Ya tenía siete latas de refrescos recicladas con agua, y eso era más que suficiente para calmar mi sed durante varios días. Pero no había nada sólido que calmara los lamentos de mi estómago. Llegué a comerme media docena de claveles frescos, y me estuvo doliendo la tripa durante horas. Ya podrían plantar naranjos en vez de cipreses dentro de los cementerios, pensaba yo.

Durante el día, a las horas de sol, en las que se hacía larguísimo este encierro, me dedicaba a pensar en un posible plan que sacara a mi padre de la

cárcel. Solo contaba con la honda, un bolígrafo y este cuaderno, los tres únicos objetos que salvé en mi huida, y gracias a que siempre han estado pegados a mi piel como una calcomanía. Fue entonces cuando empecé a escribir esta historia, más que nada para ocupar el tiempo y reflexionar.

Cuando cumplí la quinta noche de encierro, ya no sabía qué me angustiaba más: si el hambre, no saber nada de mi padre, estar escondido todo el día en un cementerio, que la policía me estuviera buscando, dormir todas las noches en un mausoleo con otros siete muertos... Todo era bastante horrible, la verdad. Sabía que una noche cualquiera, no muy lejana, vendrían el gordo y el narizotas a recoger el cargamento que tenían escondido en el panteón azul. Sin duda volverían, porque allí estaban aún las bolsas de cocaína, custodiadas en silencio por los antepasados de la familia Carvajal. No sabía qué hacer cuando llegara ese momento. En realidad no podía hacer nada contra ellos. Yo no era nadie. Menos que nadie. En cuanto moviera un dedo a la luz, un ejército de policías caería sobre mí dijera lo que dijera.

Con esos negros pensamientos estaba, sentado sobre una lápida de mármol, cerca de la puerta de entrada, cuando Alicia y Miguel hicieron su aparición de una manera un poco extraña.

9

PRIMERO LLEGÓ UN CHICO de unos veinte años, flaco y desgarbado, y se sentó en un saliente de la verja, junto a la entrada del cementerio. Encendió un cigarrillo y comenzó a fumar con movimientos nerviosos. Una sombra densa le ocultaba, aunque yo podía verle porque dentro del cementerio la oscuridad era aún mayor. Serían cerca de las diez de la noche. Pensé que eran un sitio y una hora un poco extraños para descansar, pero tampoco iba a meter las narices en todas las cosas raras que hace la gente. Bastante tenía con resolver mis problemas, si es que podía.

Al cabo de un rato, escuché los pasos de dos transeúntes que bajaban bordeando la tapia. El chico que estaba oculto por la sombra apagó el cigarrillo y sacó un objeto que no pude identificar del bolsillo trasero de su pantalón. Parecía estar esperándolos. Cuando los que venían llegaron a su altura, salió de la sombra y les cortó el paso. Con un rápido giro de muñeca, hizo brillar ante sus ojos el inequívoco filo de una navaja.

–Venga, chicos. Como se os ocurra gritar o echar a correr, os meto un pinchazo fijo. Ahora dadme toda la pasta que llevéis encima antes de que me ponga nervioso.

Alicia y Miguel, que así se llamaban las víctimas, aunque eso yo aún no lo sabía (no podía saberlo), temblaban como corderos. Debían de tener mi edad, aproximadamente, aunque ella era más alta que él.

–No tenemos nada. En serio. Míralo tú mismo si quieres –decía Alicia con voz temblorosa abriendo su bolso.

–No empecéis con chorradas y dadme todo lo que tengáis de valor. Mirad que con el mono que tengo no controlo y se me dispara la mano –decía el asaltante pinchando el aire con la navaja.

Lo que pasó después lo hice sin pensar. Con movimientos ajenos, como un autómata, me encontré a mí mismo haciendo girar velozmente la honda. Yo no conocía ni al agresor ni a las dos víctimas que, al otro lado de la verja de entrada, estaban representando un asalto a mano armada, pero la cobardía de usar una navaja y esconderse tras las sombras me pareció insultante.

La piedra salió violenta y silenciosa de mi honda, y el agresor se dobló sobre sí mismo, sorprendido por un repentino dolor en la rodilla. Buscó con la mirada y, no sabiendo de dónde procedía el ataque, debió suponer que había sido un truco rápido de sus víctimas. Alicia y Miguel seguramente tampoco entendían qué le ocurría a su asaltante, al que vieron primero doblarse sobre su cintura agarrándose la rodilla para, después de una breve vacilación, mirar con odio y lanzarse hacia ellos acero en mano. Yo ya había cargado de nuevo mi honda, y esa segunda piedra, lanzada con más fuerza todavía, le arrancó la navaja de la mano con un aullido

de dolor. Alicia y Miguel seguían paralizados por el terror y el desconcierto mientras su asaltante huía calle abajo cojeando y sujetándose la mano derecha.

–Vámonos, corre –dijo Miguel nerviosamente tirando de Alicia.

–¡Espera! Alguien nos ha ayudado, y quiero darle las gracias –susurró Alicia buscándome con la mirada por los alrededores.

–Aquí no hay nadie. Solo los muertos del cementerio –insistía Miguel.

Alicia se acercó a la verja de entrada. No podía verme, pero creo que sabía que yo estaba allí.

–¡Eh, quien quiera que seas, tengo que darte las gracias por habernos ayudado! –Alicia se dirigía a las sombras.

–Tú estás tonta, hablando con los muertos como si tal cosa. Como se levante alguno, te vas a enterar de lo que es pasar miedo –dijo Miguel en voz baja, temblando todavía.

–Cállate, hombre. ¿Desde cuándo los muertos tiran piedras? –le reprochó Alicia.

Y luego, volviéndose de nuevo hacia el interior, siguió:

–Sé que estás ahí, y me gustaría agradecerte el favor, pero si no quieres o no puedes asomarte, al menos quiero que lo sepas. ¿De acuerdo? Yo me llamo

Alicia, y este es mi hermano Miguel –dijo zarandeando al chico.

Sabía que yo estaba allí. Si les dejaba marcharse sin más, al llegar a su casa contarían toda la aventura, y seguro que después vendrían a investigar con policías y demás. No podía callarme por más tiempo.

–¡Eh, vosotros, esperad un momento! –les grité desde la verja cuando ya se habían dado la vuelta y se marchaban.

–¡La cagamos, yo no vuelvo ahí ni loco! –dijo Miguel frenando en seco.

–No seas idiota, que no pasa nada –Alicia arrastraba a Miguel hacia la verja, aunque se notaba que ella también estaba muerta de miedo.

Comprendo que el aspecto que ofrecía yo al otro lado de las rejas no era precisamente el de un ángel benefactor. Aún tenía barro entre las ropas, el pelo acartonado, rasgos norteafricanos en la cara, acento extranjero, y me escondía en un cementerio.

–Ya que vosotros os habéis presentado, lo haré también yo: me llamo Abdel. Necesito que me hagáis un favor. Para vosotros no va a suponer ningún esfuerzo, y para mí es importantísimo –les dije mirándolos fijamente.

–Tú dirás. Estamos en deuda contigo –respondió Alicia.

–Se trata solo de que no digáis a nadie que estoy aquí. Con eso me conformo.

–Eso está hecho, Abdel –Miguel soltó un suspiro de alivio. Tal vez pensaba que les iba a pedir algo muy difícil.

–¿Y nada más? Eso no es devolverte el favor. Nosotros queremos hacer algo positivo por ti. Algo que te ayude, además de callarnos para que nadie te moleste –insistió Alicia.

–Claro. Algo como dinero, comida, ropa, no sé... ¿Seguro que no necesitas nada? –se animó Miguel.

–No. Bueno, sí... No, no. No necesito nada, gracias –dije dudando.

–Venga, hombre, anímate. Si podemos hacerlo, lo haremos –dijeron casi a dúo.

No pensaba pedirles nada, pero la idea de que pudieran darme algo de comer era demasiado tentadora. Llevaba casi cinco días de ayuno, alimentándome de hierba y hojas de árboles. Notaba que las fuerzas me empezaban a fallar. Las tripas me crujían de solo pensar en comida. No pude evitar caer en la tentación, así que confesé que en realidad tenía un poco de hambre.

–Es un poco tarde para nosotros. Prometimos a mis padres estar de vuelta antes de las diez y media, y ya casi es la hora, pero podemos invitarte a cenar en casa. Mamá siempre dice que no le importa

que llevemos amigos a comer –propuso Miguel consultando su reloj.

–No sería la primera vez –confirmó Alicia–. Además, cuando le digamos que nos has salvado la vida, se pondrá muy contenta y querrá que te quedes en casa.

Alicia siempre exagera un poco. Ella es así. Les dije que eso era imposible. No podía salir del cementerio, porque me pondría en peligro. Nadie debía saber que yo estaba allí. Ellos siguieron insistiendo, dispuestos a traerme la comida aquí. Tenía el estómago a punto de salir corriendo en busca de alimento.

–Muy bien. De acuerdo. Traedme un bocadillo de tortilla, de queso o de lo que queráis, siempre que no tenga nada de cerdo, que está prohibido en mi religión –concedí finalmente.

Prometieron regresar. Alicia insistía en volver esa misma noche. Decía que era inhumano dejarme hambriento hasta el día siguiente, y le propuso a Miguel salir a escondidas de casa con algo de comida.

–Una deuda es una deuda –decía ante las objeciones de su hermano.

Tal vez no pudieran cumplir su propósito esa misma noche. En ese caso me dejarían un bocadillo junto a la puerta, por la parte de dentro, a cualquier hora del día siguiente. Yo lo recogería más tarde, cuando hubiese oscurecido. Les dije que con el sol alumbrando arriba no iba a poder estar así, al aire libre, hablando tranquilamente con ellos, por lo que tendría que esconderme en un panteón.

–Eres un vampiro, ¿verdad? –exclamó Miguel retrocediendo.

–¡Claro que no! –protesté–. ¿Desde cuándo los vampiros comen bocadillos de tortilla?

Nos despedimos, y los dos hermanos se pusieron en marcha prometiendo volver. Yo no estaba seguro de si cumplirían su promesa. Al fin y al cabo, escaparse de casa por la noche para llevar comida

a un desconocido que vive en un cementerio no era una juerga que digamos. Ni yo mismo lograba sentirme a gusto rodeado de tumbas. ¿Quién lo estaría? Después de cinco días sin comer ni hablar con nadie, encerrado en este horrible lugar, el comunicarme con dos personas normales, de mi edad, había sido casi como un regalo. Esperé ansioso su regreso, en parte por el hambre y en parte por las ganas de volver a hablar con ellos.

10

Pasaron tres horas, pero a mí me parecieron treinta. El hambre me impedía dormir. Durante el día estaba encerrado con la familia Ponce, y dado que su conversación no era de las más entretenidas, prefería dormir a las horas en las que el sol luce, y estar despierto por la noche, paseando un poco por este extraño jardín de muertos. Dormir de noche dentro de la cripta me daba un poco de miedo, si he de ser sincero. Por el día no me quedaba más remedio. Incluso era una solución para que las horas pasaran más deprisa.

Fui a ver si Ciriaco, el guarda, seguía durmiendo. No tuve que acercarme mucho, porque sus ronquidos traspasaban las paredes de la casa y se oían a más de diez metros. Puede que parezca absurdo, pero esos ronquidos me tranquilizaban. Tanto silencio me asustaba. Y no por el silencio en sí, ya lo he dicho, sino porque era diferente. Era el obligado silencio de los muertos. Los ronquidos, en cambio, eran de alguien vivo, aunque fuera el socio de mis enemigos. Además, mi padre también roncaba, y decía que era para espantar a las fieras y las alimañas. Yo siempre hice como que me lo creía.

Al fin, cuando ya había perdido la esperanza, aparecieron Miguel y Alicia cargados con dos bolsas.

–No hemos podido venir antes. Tuvimos que meternos en la cama, hacernos los dormidos y esperar a que mis padres se durmieran –dijo Alicia.

–¿Os habéis escapado? –pregunté como un estúpido.

–Bueno. Algo así. Pero solo por un rato, para traerte esto –dijo Miguel enseñándome una bolsa llena de comida–. Si tienes que estar aquí un tiempo, con un bocadillo no tendrás bastante.

Galletas, leche, pan, mermelada, magdalenas, queso... Me habían traído media despensa desde su casa. Los ojos se me estaban haciendo agua, como si quisieran llorar de alegría, y los dientes empezaron a mascar antes de introducir el primer trozo de comida en la boca.

–Empieza de una vez, que tienes que estar con un agujero en el estómago –me dijo Alicia adivinando mi urgencia.

No hacía falta que me animaran mucho, y tampoco tenía yo fuerzas para resistir por más tiempo sin probar aquellas maravillas. Me di tal atracón en dos minutos que creí que me iba a atragantar. Me entró el hipo y se me cortó mientras comía. Alicia y Miguel me miraban con los ojos desorbitados, como si estuvieran viendo un fenómeno de la naturaleza, y se reían al mismo tiempo.

–¡Qué bárbaro! Si llegamos un poco más tarde, se hubiese comido la verja –dijo Miguel.

–Puedes estar seguro –contesté yo con el estómago repleto, feliz como pocas veces en mi vida.

–¿Por qué no nos cuentas quién eres en realidad, y qué haces aquí? –preguntó Alicia con preocupación.

Pensé que después de lo que habían hecho por mí, bien se merecían los dos hermanos una explicación. Yo estaba hecho un mar de dudas, y tal vez ellos tuvieran alguna idea luminosa.

Nos trasladamos a un lugar un poco más escondido, junto a la puerta de entrada, porque ni yo debía mostrarme a la luz, por miedo a las patrullas de policías, ni ellos querían entrar de noche en el interior del cementerio. No por nada en especial, pero Miguel decía que a lo mejor dentro había muchos mosquitos, y que por eso era mejor no estar tan cerca de las tumbas. Tal vez no fuera por eso, pero daba igual.

–Me llamo Abdel Muhbahar, como os dije antes, y nací en una jaima de una caravana de tuaregs, en el Sáhara, camino de la ciudad de Hauza... –comencé a resumirles mi relato.

Los hermanos escucharon mi historia sin parpadear, con pequeñas tiritonas de frío de cuando en cuando. No me interrumpieron ni una sola vez. A mitad de la historia, al contar la parte en la que atravesamos el estrecho de Gibraltar, vi cómo Alicia se secaba disimuladamente una lágrima. Miguel solo movía la cabeza de un lado para otro diciendo:

–Qué fuerte... Qué fuerte...

Luego nos quedamos en silencio. Yo, porque no quería robarles más tiempo y porque ya no sabía qué más decir. Estaba atrapado en un punto sin retorno y sin salida. No se me ocurría nada. Ellos, asombrados por la historia que acababan de oír. Pensaban que esas cosas no podían suceder en España. Que solo pasaban en las películas.

–¿Qué piensas hacer? –dijo Alicia.

Estaba temiendo esa pregunta. Cualquier otra hubiera sido más fácil de contestar, pero esa no.

–No tengo ni idea. No sé. No sé...

–Hay que tender una trampa a los verdaderos traficantes –dijo Miguel muy resuelto–. No sé cómo, pero hay que hacerles caer antes de que se marchen a otro país con todo el dinero y sin dejar huellas.

Dicho así, parecía sencillo. Y la verdad, mirándolo con detenimiento, era eso exactamente lo que había que hacer, lo que íbamos a hacer. Se trataba de idear una trampa en la que cayeran el gordo y el narizotas. Con Alicia y Miguel como aliados en el exterior, tal vez fuera posible hacerlo. Todo era cuestión de inventar algo rápidamente, porque debían de estar a punto de volver, cualquier noche, a recoger el alijo de droga que tenían oculto en el panteón azul de la familia Carvajal.

–¿Podré contar con vosotros? –les pregunté a mis nuevos amigos.

–¡Por supuesto! –contestaron a dúo–. No tienes ni que decirlo.

Chocamos las manos. Aquello era un pacto. De momento no se nos ocurría nada, porque estábamos demasiado excitados como para dar con una idea lo suficientemente buena. Aunque no lo dijera, creo que Alicia estaba preocupada por la hora. Debían regresar a su casa. Miguel estaba muy cansado, y de vez en cuando se le cerraban los ojos. Era normal, a esas horas de la madrugada. Nos despedimos con la promesa de vernos a la noche siguiente, a partir de las doce, en la puerta del cementerio.

–Por si se te ocurre algo para antes de la noche, y necesitas ayuda, pasaremos a las dos de la tarde junto al mausoleo de los Ponce Santamaría. Silbaremos tres veces cuando veamos que no hay nadie alrededor, y entonces nos dices si tienes alguna idea. ¿De acuerdo? –dijo Alicia.

–De acuerdo –contesté yo.

Tres horas después, al filo del amanecer, tenía ya perfilado un plan. Era un poco descabellado, pero, tal vez, la única posibilidad.

11

A LAS DOS DE LA TARDE ya estaba en guardia, esperando a que Alicia y Miguel llegaran al cementerio. Tenía el plan perfectamente calculado, a la espera de cazar a los verdaderos traficantes. El estómago lleno me daba fuerzas. Sentía ganas de subirme a una piedra y gritar: «¡Miradme, soy yo: el increíble Abdel, el azote de Alá, la pesadilla de los bandoleros!». Con la tripa satisfecha y dos amigos como socios, ya no le tenía miedo al futuro. Hasta los Ponce Santamaría, tan calladitos ellos, me empezaban a caer bien. Oí unas pisadas. Luego, tres silbidos: eran mis amigos. Comenzaba la cuenta atrás.

–No hay moros en la costa –le oí decir a Alicia.

–¿Que no hay qué...? –pregunté.

–¡Huy, perdona! Es una forma de hablar, no me hagas caso –Alicia se puso roja como un tomate–. Quise decir que no hay peligro.

Mientras Miguel vigilaba la entrada por si alguien se acercaba, le dije a Alicia lo que necesitaba para cazar al gordo y a Planas: seis metros de cuerda, una barra de hierro y dos o tres canicas grandes.

–¿Podrás conseguirlo? –a mí me parecía imposible.

–Pues claro, en las tiendas venden de todo –dijo Alicia con mucho sentido común.

Le conté mi plan y lo que teníamos que hacer esa misma noche por si aparecían. El gordo y su matón iban a venir en un futuro próximo, sin duda. En el panteón azul estaban aún escondidas las bolsas de cocaína, y no iban a dejarlas abandonadas. Valían demasiado dinero como para que Meléndez se las regalase a los antepasados de la familia Carvajal. Vendrían esa misma noche, o al día siguiente, o al otro... De hecho, era raro que no hubiesen llegado todavía, y en eso sí que había tenido suerte, porque antes no tenía ningún plan.

A las doce y media regresaron mis amigos con todo el material que les había encargado: la cuerda y lo demás. Venciendo sus miedos, Alicia y Miguel decidieron ayudarme a tender la trampa dentro del cementerio. Los ayudé a saltar la tapia y, una vez dentro, comenzamos a poner en marcha el plan previsto.

Lo primero fue romper el cerrojo del panteón azul para sacar la droga de allí. No fue demasiado difícil, gracias a la palanca de hierro que habían traído, pero tuvimos que hacer fuerza entre los tres. Escondí casi toda la cocaína en el interior de otro mausoleo, para hacerles perder tiempo a los traficantes.

–Esta bolsita me la guardo para utilizarla como cebo. Quiero que los perros la huelan desde lejos –expliqué a Alicia y Miguel.

Luego nos dedicamos a tender la cuerda a ras de suelo, de ciprés a ciprés, cruzando el camino por donde obligatoriamente tendrían que pasar el na-

rizotas y su jefe. Los nudos eran corredizos, y desde detrás de una tumba podría tirar y hacer que la cuerda se tensara para hacerles tropezar. Miguel resultó ser un buen escalador de árboles y fabricante de nudos. Se lo dije, y me contestó muy orgulloso:

–Es que yo quiero ser espeleólogo.

–¿Qué es eso de espegele... golo, o como se diga? –le pregunté.

–Es-pe-le-ó-lo-go –dijo hinchando el pecho y vocalizando exageradamente– es el que se dedica a investigar y descubrir cuevas subterráneas.

Su hermana le miraba con cara de desaprobación, como si quisiera fulminarlo con los ojos, al tiempo que movía la cabeza de un lado para otro. Yo no entendía bien lo que pasaba.

–Miguel, a veces pareces un repollo hablando –dijo muy seria, como si lo hubiese pensado mucho.

–Mira tú quién pía, la rubia de peluquería esta, más cursi que un zapato rosa –se revolvió Miguel muy ofendido.

Era la primera vez que veía una pelea así, entre dos hermanos, y la verdad es que me hizo mucha gracia. Tanta que no podía contener la risa, a pesar de que intentaba taparme la boca para que no me oyeran y no interrumpir. Aun así se dieron cuenta. Se volvieron hacia mí, los dos con cara de enfado.

Yo intentaba ponerme serio, pero no podía, y se me escapaban pequeñas risitas nerviosas e incontroladas. Ellos tampoco aguantaron mucho, y se echaron a reír conmigo. Yo creo que faltó muy poco para que despertáramos a Ciriaco, el guardián borracho.

–Venga, chicos. Un poco de seriedad. A terminar el trabajo –dijo Alicia.

La trampa estaba preparada. Solo quedaba esperar. Alicia y Miguel aguardaban a las afueras del cementerio, doscientos metros más allá, junto a una cabina de teléfonos. A una señal convenida, ellos pondrían en marcha la parte que les correspondía dentro de nuestro plan. Y así nos quedamos durante horas, con un aburrimiento total, pero no pasó nada. No sé cómo Alicia y Miguel pudieron aguantar tantas horas sin protestar. Al filo de la madrugada, nos despedimos con cierta sensación de derrota.

–No te preocupes, Abdel, que mañana seguro que vienen y caen en la trampa –decía Miguel mientras se iba.

Estábamos agotados, después de dos noches de insomnio y aventuras.

Los padres de mis amigos tenían que estar asombrados por las grandes siestas que se echaban después de comer y lo tarde que se levantaban por las mañanas. Lo malo era que, si la situación se alargaba varios días, en algún momento podrían despertarse en mitad de la noche y descubrir que sus hijos habían desaparecido. Entonces sí que íbamos a tener problemas, porque... ¿cómo iban a explicarlo sin delatarme? ¿Y cómo me iban a ayudar a partir de entonces?

A pesar del cansancio acumulado, antes de regresar con la familia Ponce, tuve la precaución de retirar la cuerda para que nadie sospechara nada al día siguiente.

Ciriaco nunca se dio cuenta de que el cementerio cambiaba por las noches, mientras él dormía, y sin embargo todo nuestro trabajo no nos había servido de nada hasta el momento.

–¿Nunca salen las cosas como uno las planea? –me preguntaba con desánimo.

12

A LOS POCOS DÍAS, y por una vez, las cosas salieron como estaban planeadas. Volvimos a situarnos en nuestros escondites a la espera de que aparecieran los traficantes, y cuando ya estaba yo con los músculos entumecidos, vi aparecer el Mercedes amarillo por lo alto de la cuesta. Serían las dos, noche cerrada. Esperaba que Alicia y Miguel no se hubiesen dormido, porque la parte que les tocaba hacer, aunque fuera más sencilla, era fundamental.

El gordo apagó las luces y enfiló hacia el cementerio, como la otra vez en que los seguí con la bicicleta. Una única farola junto al camino de entrada, casi en la carretera, iluminaba la escena. Aparcaron junto a la tapia y se dirigieron a la casa del guarda. A pesar de que debía estar esperándolos, costó sacar a Ciriaco del sueño profundo en el que se encontraba. Asomado brevemente a la ventana vi que, al igual que la otra vez, se hacía el intercambio de llaves por botellas de ron. En cuanto Ciriaco tuvo una botella en la mano, la abrió nerviosamente para empezar a beber en ese mismo instante.

–Quieto ahí. No empieces hasta que nos vayamos –ordenó el narizotas sujetándole el brazo.

–Necesito un trago ahora –dijo Ciriaco con ojos suplicantes.

–Te digo que luego, imbécil. No me hagas repetir las cosas –el matón mostraba con insolencia una pistola en la mano derecha.

Ciriaco se sentó vencido en una silla sin oponer ninguna resistencia y sin comprender nada. En cuanto salieron de la casa, cogió la botella y le dio un trago interminable, casi de medio litro. Después dejó caer la cabeza sobre los antebrazos, dispuesto a dormir la mona.

Me situé cerca de la verja de entrada, con la farola que iluminaba la carretera a la vista. La misma farola que Alicia y Miguel, a doscientos metros, junto a la cabina de teléfonos, estarían vigilando. La farola encargada de transmitir el mensaje.

Mientras Meléndez y su matón se dirigían al panteón azul para recuperar la droga, cargué la honda con un guijarro redondo y contundente, hice girar la cinta de cuero sobre mi cabeza y disparé la piedra contra la luz de la farola. El cristal y la bombilla saltaron en mil pedazos, llenando toda la zona de oscuridad y ruido de vidrios rotos. Esa era la señal. Si estaban atentos al mensaje que acababa de enviarles, tal y como habíamos convenido anteriormente, Alicia y Miguel pondrían en marcha su parte del plan. A mí aún me quedaba trabajo.

El gordo y el narizotas dieron un brinco al escuchar el ruido. La oscuridad se hizo más densa en el interior del cementerio. Meléndez hizo una pausa dirigiendo el haz de luz de su linterna a uno y otro lado, buscando algún fantasma; luego continuaron andando hacia el panteón azul en busca de la co-

caína. Ellos no sabían que la droga había cambiado de escondite, pero faltaban breves segundos para que lo descubrieran.

–¡Esto es cosa de Ciriaco! ¡Ese borracho me las va a pagar! –oí decir a Planas.

Emprendieron el camino de regreso entre las tumbas. Yo ya estaba apostado en una encrucijada, esperando a que se acercaran. Cuando llegaron al punto exacto, cargué mi honda con una canica y silbé para atraer su atención. Solo tenía una oportunidad. Si fallaba, lo más seguro era que el narizotas descargara su pistola contra mí. La linterna me buscó entre las cruces, pero antes de encontrarme, la canica salió disparada de mi honda contra el haz de luz, anulándolo en una décima de segundo. El golpe hizo que el gordo, soltando una maldición, dejara caer la linterna. La oscuridad ahora sí que era absoluta.

Antes de que pudieran reaccionar, tiré de la cuerda que tenía preparada. Lo único que quería era hacerles perder tiempo. Echaron a correr hacia donde yo estaba, tropezaron con la cuerda tensa y empezaron a maldecir y a pedir ayuda. Juraban que me harían picadillo, fuera yo quien fuera. Yo ni siquiera les contesté. No había tiempo. Tenía que acabar pronto y ocultarme de Ciriaco antes de que los gritos le despertaran.

Cogí el saquito de cocaína que había conservado al esconder el resto y le hice un pequeño desgarro con los dientes. Rocié con droga los alrededores, como si fuera una lluvia de harina, y fui dejando un rastro de polvo blanco a lo largo del camino mientras buscaba un lugar donde esconderme. Decidí ocultarme en el panteón de los Ponce Santamaría, mi segunda casa a esas alturas.

Nunca llegué. Ni siquiera estuve cerca. Antes de alcanzar mi refugio, un golpe en la nuca me derribó al suelo. Ciriaco había sido alertado por los gritos y me había sorprendido por la espalda con un objeto durísimo. Probablemente una botella. Creo que debido al golpe perdí el conocimiento al menos durante unos segundos. No sé cuántos, pero cuando abrí los ojos estaba en el suelo con el guarda sujetándome con fuerza, mientras los otros dos hombres se acercaban con cara de pocos amigos. En un momento los vi de pie ante mí. El gordo me dio tal patada en el estómago que me cortó la respiración.

Tuve que decirles dónde había guardado la droga. Ya no tenía sentido seguir jugando al héroe. Ellos, a cambio, prometieron dejarme en libertad. Ciriaco fue a buscar la cocaína al nuevo escondite en el que yo la había depositado. En menos de cinco minutos estuvo de vuelta.

–¡Despídete de tu papi y de todos tus muertos, moro de mierda! –dijo el narizotas metiéndome el cañón de la pistola por la boca.

La esperanza es lo último que se pierde, había leído tiempo atrás en algún libro de Ben. ¿Cómo pude creer que me iban a dejar libre? Da igual. Tampoco tenía otra opción.

–No te lo cargues aquí, que haremos mucho ruido y dejaremos huellas por todas partes. Nos lo llevamos, le damos el pasaporte en un descampado y listo –dijo Meléndez sujetando al narizotas.

Me ataron y me amordazaron con las mismas cuerdas que yo había utilizado para intentar atraparlos. Me arrastraron hasta el coche y me metieron a golpes en el maletero, junto con toda la droga. No solo mi plan había fracasado, sino que yo tenía muy pocas posibilidades de llegar con vida al amanecer.

El coche arrancó y empecé a encomendarme a Alá y a Mahoma, su profeta, para que cuidaran de mi padre durante el resto de su vida, ya que no podría hacerlo yo, su único hijo, a partir de ese día. Hasta el último momento esperé que sucediera el milagro: que apareciera la policía avisada por Miguel y Alicia. Cuando noté que el Mercedes dejaba el camino de tierra y tomaba velocidad por la carretera, perdí toda esperanza.

Sé que es absurdo; puede que fuera por la tensión acumulada o por los deseos de salir de allí, pero el caso es que cuando ya llevábamos un buen rato rodando por el asfalto de la carretera, tal vez media hora, rumbo a lo desconocido, me quedé profundamente dormido dentro del maletero.

13

Me desperté al detenerse el coche. Me costó recordar dónde me encontraba: atado y amordazado en el interior de un maletero y a punto de ser asesinado. No era fácil hacerse a la idea. Deseé seguir dormido eternamente, como si el sueño me pusiera a salvo de peligros en un universo diferente. Escuché algunas voces, pero apenas pude oír la conversación que mantenían. Poco después percibí unos ladridos cerca del maletero, en donde estaba encerrado. Aun con los pies atados, comencé a dar patadas con todas mis fuerzas contra el techo. Tal vez no todo estaba perdido.

Tal y como había imaginado, los ladridos eran de perros de la Brigada Antinarcóticos que habían olido la cocaína. Tiraban de los agentes, y no pararon hasta que alguien abrió el maletero y descubrió un gran cargamento de cocaína y a un adolescente atado y amordazado. Ese era yo. Así que, después de todo, Alicia y Miguel habían cumplido su parte. Ese era el pacto: en cuanto la luz de la farola que iluminaba la entrada del cementerio se rompiera de una pedrada, tenían que llamar a la comisaría.

–Oiga, ¿es la policía? Mire, si quieren cazar a dos traficantes con un buen cargamento de cocaína, vayan a la entrada del cementerio de Marbella ahora mismo. Con llevar un perro entrenado para oler droga, se convencerán de que lo que digo es cierto.

Acto seguido no tenían más que colgar el teléfono. El resto dependía de la policía.

No todo salió a la perfección, hay que reconocerlo, pero sí lo bastante bien como para que detuvieran al gordo y a su matón antes de que acabaran conmigo. Los policías no llegaron a tiempo de impedir que Meléndez y Planas cogieran la carretera rumbo a lo desconocido, pero cuando al fin aparecieron, Alicia y Miguel los pusieron sobre la pista del Mercedes amarillo. Mis amigos lo habían visto entrar y salir del cementerio y se imaginaron el resto. Además, una de las bolsas de cocaína, la que yo había rasgado con los dientes, había dejado un rastro blanco desde el interior del cementerio hasta el coche, y los perros habían seguido la pista sin demasiados problemas.

Ahora estoy en una residencia del Centro Tutelar de Menores. Los chicos que viven aquí conmigo protestan mucho por todo y les gusta pelear. Es curioso: ninguno echa de menos a sus padres. También es cierto que, por lo que cuentan, no se lo pasaban demasiado bien en sus casas: palizas, borracheras, abandonos... Hay de todo. Las madres no son mejores. En eso yo he tenido suerte, porque mi padre ha sido siempre mi mejor compañero. Solo he podido verle una vez desde hace dos meses. Dice que está bien, y que me echa de menos. Yo también a él, desde luego.

Alicia y Miguel vienen a verme con mucha frecuencia. Son lo mejor que me ha pasado. A sus padres no les gusta, porque dicen que no soy una compañía recomendable. Ellos, de todos modos, no se han dejado convencer, y se acercan a escondidas. Dentro de dos semanas empezarán las clases y se irán a estudiar a Madrid, como todos los inviernos. Es probable que no los vuelva a ver nunca más. ¿Quién sabe dónde estaré yo dentro de un año, cuando ellos regresen otra vez de vacaciones?

La comida que nos dan es muy buena, aunque yo soy el único que repite. Los demás opinan que es un asco. A mí me cae muy bien una de las chicas que están a cargo de la casa; se llama Charo, y habla mucho conmigo. Dice que quiere ayudarme, pero que para eso tengo que confiar en ella. Creo que un día de estos le voy a dejar leer mi cuaderno con esta historia, y así incluso me podrá decir si cometo muchas faltas de ortografía. Tienen bastantes libros aquí, y me lo paso bien leyendo. No son tantos como los de la antigua biblioteca de Ben, pero son más divertidos. Dentro de poco me los habré leído todos. No importa, porque a mí me gusta leerlos varias veces, como en el Sáhara. También tienen una televisión en color con mando a distancia, que es como magia.

La semana pasada, cuando fui a ver a mi padre, me puse muy triste. No lo pude remediar. Está a la espera de juicio, y me dijo que iba a confesarse culpable. Quería que yo también declarase contra él cuando me llamaran ante el juez. Yo al principio no lo entendí.

–¿Que te declare culpable? ¿Que le diga al juez que la cocaína que llevabas encima cuando te cogió la policía era tuya? –yo no salía de mi asombro.

–Sí, Abdel. Es lo mejor. Necesito que me condenen y me metan en la cárcel. Es necesario.

–Pero ¿por qué? ¿Por qué no quieres decir la verdad y salir libre? No vamos a poder estar juntos si tú vas a la cárcel.

Notaba que a mi padre le estaba costando mucho decir lo que me estaba pidiendo. Yo no comprendía, o no quería comprender.

–Piensa un poco, Abdel. ¿Qué pasará si me declaran inocente? ¿Adónde iremos? –mi padre apoyaba sus grandes manos sobre mis hombros.

–No sé. Buscaremos trabajo –dije desviando la mirada.

–Sabes bien que no. Sabes que si el juez me declara inocente, el paso siguiente será la repatriación forzosa. Nos enviarán de vuelta a Marruecos. Somos inmigrantes ilegales. ¿No es así?

–Así es –reconocí a mi pesar.

–Y en Marruecos me espera la cárcel de por vida. Y no esta cárcel, sino una mucho peor. Mucho más severa. Esto es un hotel de lujo comparado con aquellas prisiones. Yo no quiero abandonarte, Abdel, pero prefiero la muerte.

Yo sabía que tenía razón. Lo peor que le podía pasar era eso: volver al reino de Hassan II. Desandar el camino. Mi padre seguía hablando, y yo no quería escucharle ni mirarle a la cara. No quería que me viera llorar. Aquello era una despedida para siempre, y los dos lo sabíamos.

–Y además estás tú, querido Abdel. ¿Qué va a ser de ti en Marruecos? ¿Crees que el gobierno se ocupará de ti, de tu educación, de tu futuro? ¿Crees que les importa mucho lo que le suceda al hijo de un condenado a cadena perpetua? ¿Crees que podrás vivir tú solo allí, sin nadie que te proteja?

Como en tantas ocasiones, y aunque yo no quisiera, mi padre tenía razón. Era mil veces preferible quedarse en España. A cualquier precio. Aunque tuviera que sufrir años de cárcel por un delito que no había cometido. Tal vez toda su vida.

Y preferible también para mí. Me di cuenta en un segundo de que acababa de quedarme huérfano de nuevo. Huérfano de padre, aunque estuviera vivo y abrazándome. Y si iba a estar solo, totalmente sin familia, lo mejor que me podía pasar es que alguien me protegiera, me proporcionara comida, me permitiera estudiar... Y eso no era posible en Marruecos. Visto así, ser huérfano en España no era tan malo. Lo malo de verdad era ser huérfano en un país pobre, donde el único futuro eran el hambre y la miseria.

–Declararé contra ti en el juicio para que te condenen –le dije a mi padre.

–Es lo mejor, Abdel. Ahora empieza una nueva vida para ti, y tendrás que portarte bien. Este sigue siendo un país maravilloso –mi padre estaba llorando, y con cada lágrima yo notaba un afilado cuchillo hundiéndose en mi pecho.

Epílogo
Nota de la editora

Esta es la historia de Abdel y Yasir Muhbahar, tal y como llegó a nuestras manos. La editorial ha hecho investigaciones para corroborar la veracidad del testimonio que presentamos, y hasta donde hemos podido averiguar, lo que aquí se narra puede ser cierto. Sabemos que Abdel, el autor de este texto, ha cambiado conscientemente tanto su nombre como el de su padre con el fin de no interferir en el proceso judicial que tienen pendiente. Además, hemos encontrado no menos de diez chicos inmigrantes acogidos en casas de protección de menores con historias parecidas a la de Abdel; el caso de Yasir, que permanece a la espera de juicio mientras se practican las diligencias previas, es francamente numeroso.

En cualquier caso, según esas mismas investigaciones que hemos realizado en distintas cárceles y centros de acogida, la conclusión a la que nos atrevemos a llegar es que la historia de Yasir y Abdel es muy corriente, repetida con ligeras variantes, y por tanto no debe ser considerada en modo alguno como una fantasía del autor.

TE CUENTO QUE ANUSKA ALLEPUZ...

... como Abdel, también es extranjera en el país donde vive. Eso sí, ella no lo tuvo tan difícil como nuestro protagonista. Sus creaciones le han servido para hacerse un hueco en salas de exposiciones y librerías de varios lugares del mundo. ¡Y ese hueco cada vez es más grande! No hay más que echar un vistazo a su lista de premios.

Anuska Allepuz nació en Madrid en 1979. Estudió Bellas Artes en la Universidad de Salamanca, donde consiguió una beca en la Accademie di Belli Arti di Carrara (Italia). Completó sus estudios en Berlín y en Barcelona. Actualmente trabaja en Londres, desde donde colabora con editoriales españolas y extranjeras.

Para conocer su obra, puedes visitar su página web:

www.anuskaallepuz.com

TE CUENTO QUE ENRIQUE PÁEZ...

... adora disfrazarse. De pequeño, lo hacía con sus nueve hermanos y nunca se aburrían. Ya de mayor, como no siempre es carnaval, se disfraza en cada una de sus novelas. Por eso elige personajes diferentes para poder vivir junto a ellos nuevas experiencias. Precisamente, Abdel es uno de los personajes con los que más se identifica, quizá porque, como él, Enrique se pasa la mayor parte del día escribiendo, o lo que es lo mismo, ¡mintiendo! Y es que, para Enrique, escribir es «mentir despacio»; eso sí, con la mejor de las intenciones: crear buenas ficciones para crear buenos lectores y así ¡poder vivir del cuento!

Enrique Páez (Madrid, 1955) estudió Literatura Hispánica en la Universidad Complutense de Madrid. Ha trabajado como profesor, camarero, librero, periodista, fotógrafo, contable, informático y astrólogo. No obstante, desde que ganó el Premio Lazarillo se dedica por completo a escribir, a sus clases de escritura creativa y a la coordinación de la Red Internacional de Cuentacuentos.